Migou Auteurs - Antoine Pinchot

Voix sans issue

WEEK-END D'ENFER

Les aventures de Mimi Merlin et Éric Brian

HACHETTE
Jeunesse

Déjà parus dans la collection WEEK-END D'ENFER :

Le cauchemar de Mme Henry

Reflets mortels

Le jardin des supplices

Permission de minuit

Prise de tête

À paraître :

Le fantôme du 7e étage

Micropanik

Temps mort

Un curieux enlèvement...

Qu'est-ce qui a bien pu se passer ? Tu te rappelles que tu sortais tranquillement du collège quand une longue voiture blanche s'est arrêtée près de toi. Après, tu ne te souviens plus de rien... Tu as dû t'évanouir... Mais qu'est-ce que tu fais debout dans le noir ? Où te trouves-tu ? Et qui est cet homme assis dans une chaise roulante en face de toi ? Si seulement tu pouvais voir son visage... Il doit pourtant bien y avoir un interrupteur quelque part ! Soudain, ton mystérieux hôte t'adresse enfin la parole.

« Assieds-toi, je t'en prie. Non, n'allume pas la lumière ! Je ne tiens pas à ce que tu voies mon visage. Tu ne veux quand même pas faire des cauchemars ? Excuse-moi pour la façon dont je t'ai forcé à venir ici... Honnêtement, est-ce que tu m'aurais suivi de ton plein gré ? »

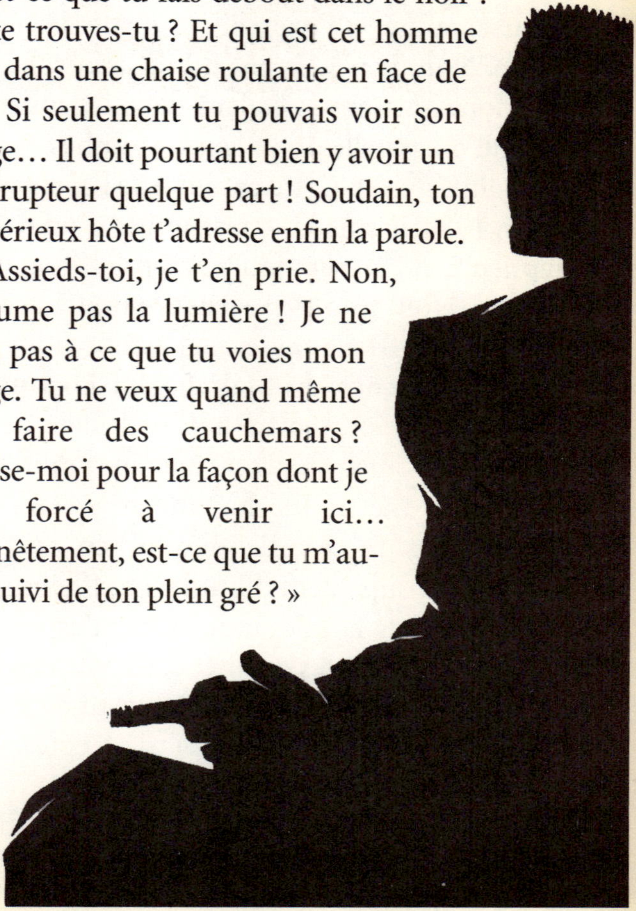

L'homme tire une bouffée de son cigare puis poursuit son discours.

« Tu aimerais savoir pourquoi je suis cloué dans cette chaise roulante ? Tu es très curieux, mais c'est une qualité que je recherche… Et puis, si tu insistes… On m'appelle Monsieur Georges. Il y a de nombreuses années, j'exerçais la profession d'archéologue. Non, je n'étais pas un de ces professeurs célèbres dont les noms s'étalent dans les journaux. J'étais ce qu'on appelle un pilleur de tombes. Seule la fortune m'intéressait. Cette cupidité, je l'ai payée très cher… En 1952, je suis resté prisonnier d'un mausolée égyptien pendant sept jours et sept nuits en compagnie de… Non, tu n'es pas encore prêt à accepter l'horrible vérité. Sache seulement que je possède la preuve de l'existence du Mal absolu. Lorsque j'ai réussi à m'échapper, j'avais perdu l'usage de mes jambes et mon visage était horriblement mutilé. J'ai alors décidé de mettre ma fortune au service de la lutte contre les forces diaboliques en créant le PHŒNIX, le Groupement d'Études des Phénomènes Inexpliqués… Cela fait des mois que je t'espionne… Tu possèdes d'excellentes qualités et tu pourrais m'assister dans ce combat sans merci. Veux-tu devenir un de nos agents ? Réfléchis bien… Si tu acceptes, il sera trop tard pour faire marche arrière.

— Vous pouvez compter sur moi, monsieur Georges ! » réponds-tu sans hésiter.

Comment jouer ?

Ce WEEK-END D'ENFER n'est pas un livre comme les autres car tu en es le personnage principal. C'est toi qui vas effectuer les choix à la place du héros. Tu auras la possibilité de jouer deux personnages différents, Mimi Merlin ou Éric Brian.

• **Choisir ton personnage :** tout d'abord, tu devras choisir le personnage que tu souhaites incarner durant ton aventure en lisant les fiches signalétiques pp. 16-17. Bien sûr, quand tu auras fini ton livre, tu pourras le relire en changeant de personnage. Tu verras les choses d'une façon tout à fait différente…

• **Comment lire ce livre :** ce livre est composé de paragraphes numérotés. Surtout, ne les lis pas les uns après les autres comme un livre normal ! Ton aventure n'aurait aucun sens !
À la fin de chaque paragraphe, *en italique*, plusieurs possibilités te seront proposées. Tu choisiras l'action que tu souhaites effectuer puis tu te rendras au paragraphe correspondant.

Exemple : Le loup-garou galope vers toi en poussant des grognements terrifiants. — *Si tu essaies de fuir, va au* **43**. *Si tu préfères combattre, va au* **12**.

Dans ce cas, si tu souhaites prendre la fuite, tu liras le paragraphe 43. En revanche, si tu te sens assez fort pour te frotter à ce monstre, tu liras le paragraphe 12. Parfois, tu devras obligatoirement te rendre à un numéro, selon que tu incarnes Mimi ou Éric.

> **Exemple :** Tu rejoins sans tarder ton domicile par les rues obscures et silencieuses. — *Mimi, va au* **208**. *Éric, va au* **190**.

Dans un tel cas, lis le paragraphe correspondant au personnage que tu incarnes. **Attention :** tu ne peux pas changer de personnage en cours d'enquête.

• **Ajouter un objet à ton inventaire :** au cours de ton aventure, tu découvriras des objets indispensables à la réussite de ton enquête.

> **Exemple :** En creusant le sol terreux de la cave, tu découvres une balle d'argent. — *Ajoute la* ***Balle d'argent*** *à ton inventaire et va au* **31**.

Dans ce cas, note cet objet dans ton inventaire (p. 158) et lis le paragraphe **31**.

• **Utiliser un objet :** lors de ton enquête, tu pourras utiliser les objets figurant dans ton inventaire.

> **Exemple :** Le loup-garou se dresse devant toi en dévoilant ses crocs étincelants. — *Si tu possèdes une* ***Balle d'argent****, va au* **74**. *Sinon, va au* **102**.

Dans ce cas, consulte ton inventaire (p. 158). Si l'objet y figure, va au **74**. Sinon, va au **102**.

• **Noter un nom sur ta fiche d'enquête :** au cours de ton enquête, tu découvriras des noms de personnes et de lieux.

> **Exemple :** Sur le livre, tu découvres une étiquette portant le nom **François Giraud**. — *Va au* **24**.

Chaque fois qu'un mot figure en **caractères gras**, note-le sur ta fiche d'enquête p. 159. Tu pourras exploiter cet indice en consultant l'ordinateur.

• **Utiliser l'ordinateur :** durant ta mission, tu auras la possibilité de chercher une adresse dans l'ordinateur du Phœnix.

> **Exemple :** Quelle piste vas-tu suivre ? — *Consulte l'ordinateur p. 96 et choisis un nom ou un lieu figurant sur ta fiche d'enquête.*

Lorsqu'un tel cas se présente, regarde la fiche d'enquête (p. 159) sur laquelle tu as noté les noms de personnages et de lieux que tu as récoltés au cours de tes investigations. Choisis celui qui t'intéresse puis reporte-toi à la page représentant un écran d'ordinateur (le numéro de page varie au cours de l'enquête). Sur cet écran figurent des noms classés par ordre alphabétique. Regarde l'adresse correspondant au nom que tu recherches. Si tu veux t'y rendre, il te suffit d'aller au paragraphe correspondant au numéro figurant dans l'adresse.

Dans cet exemple, l'adresse de François Giraud est 78, rue de la Main-Noire : lis le paragraphe 78 si tu souhaites lui rendre visite. **Attention :** tu ne peux pas te rendre aux autres numéros si tu n'as pas découvert ces noms au cours de ton enquête.

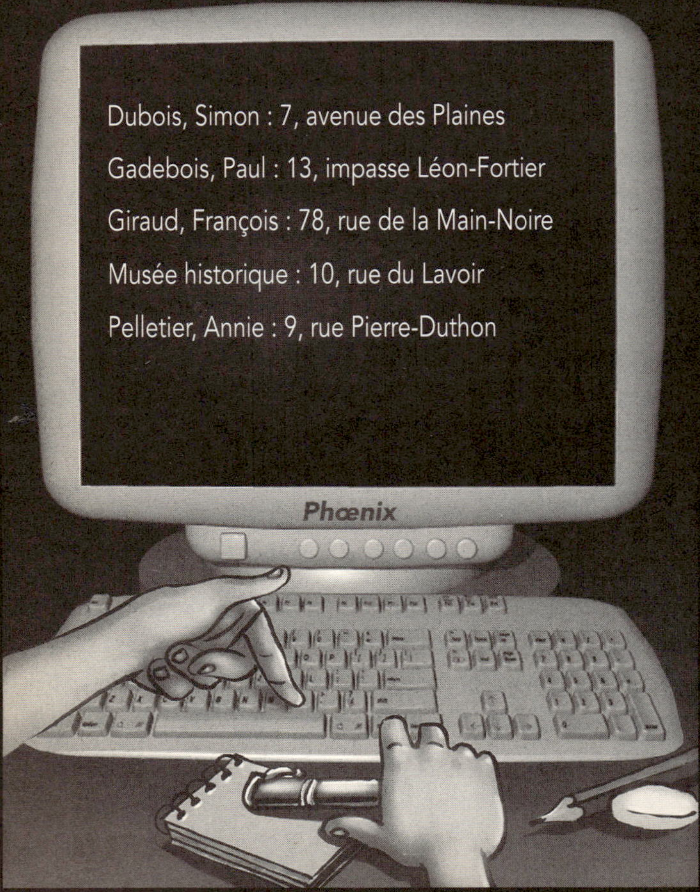

Le Phœnix

Salut ! Je m'appelle Fred, le zappeur ! Je suis l'assistant de M. Georges et je m'occupe du personnel et du matériel au Phœnix. Comment j'en suis arrivé là ? Disons que je possède quelques qualités rares qui ont tout de suite intéressé M. Georges : je suis capable d'imiter les voix, de reproduire à la perfection n'importe quelle écriture et même de copier l'apparence, la démarche et l'attitude d'une personne. Il est vrai qu'avant de prendre mes fonctions au Phœnix, j'utilisais mes talents pour me livrer à des escroqueries, des cambriolages et autres activités peu recommandables. M. Georges m'a persuadé (avec des arguments musclés, il faut l'avouer) de mettre mes dons au service d'une cause juste : la lutte contre les forces du Mal !

Tu es nouveau au Phœnix, pas vrai ? Avant de te confier une mission, il faut que je te présente ton équipement personnel, tes armes de défense et ton local secret...

L'équipement...

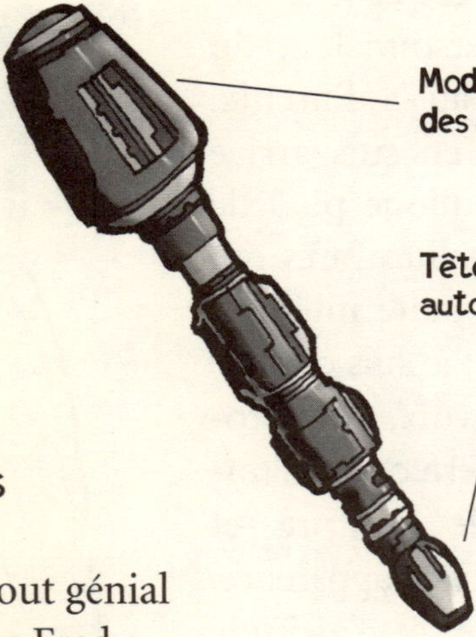

L'Électropass

Ce passe-partout génial
a été conçu par Fred
après de nombreuses années
de recherche.

Il te permet d'ouvrir n'importe quelle serrure sans laisser la moindre trace d'effraction.

Il suffit d'introduire son extrémité dans la serrure et d'attendre que le miracle se produise…

Attention :

L'Électropass ne neutralise pas les systèmes d'alarme.

... des agents

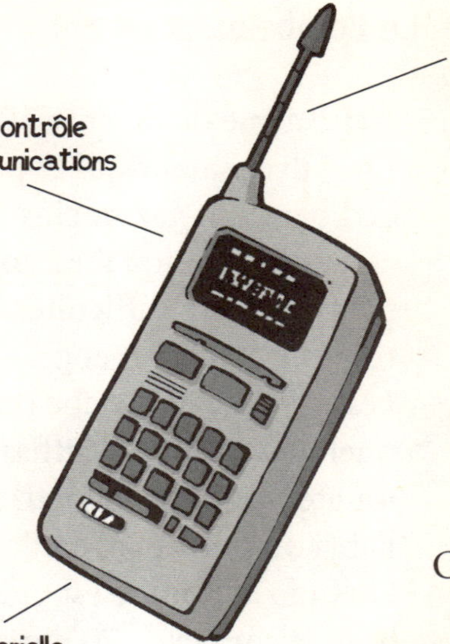

Le Téléphone portable

C'est l'accessoire indispensable à tout agent secret.

Il te permettra de contacter Fred ou toute autre personne de ton choix.

Le Phœnix pourra également te joindre pour te livrer des renseignements ou pour te confier de nouvelles missions.

Le téléphone se recharge en quelques heures sur une prise électrique.

Les armes...

La Bombe au poivre

Cette arme de défense est un pulvérisateur qui te permet de libérer un gaz nocif sur ton agresseur. Lorsqu'il est touché, il éprouve des difficultés à respirer et il est aveuglé. Les effets de la Bombe durent quelques minutes, suffisamment longtemps pour te mettre à l'abri ou pour prendre la fuite. Lorsque la Bombe est vide, tu dois contacter Fred pour qu'il t'en procure une neuve.

Attention :

évite d'utiliser ta Bombe au poivre dans une pièce ou tout autre lieu clos car tu pourrais être touché toi-même par le gaz. C'est le moyen de défense idéal contre un groupe d'agresseurs. Ne pulvérise jamais le gaz vers une flamme ou un corps incandescent.

... de défense

Le Tazer

C'est une arme de défense électrique. En appuyant sur la détente, tu libères deux câbles à l'extrémité desquels sont fixés des contacteurs de métal. Lorsqu'ils touchent ta cible, ils lui infligent une décharge de plusieurs milliers de volts. De quoi neutraliser un adversaire pendant quelques minutes… Le Tazer se recharge en quelques heures sur une prise de courant.

Attention :

les câbles ne mesurent que six mètres. N'utilise pas ton Tazer contre un adversaire se tenant loin de toi. Ce moyen de défense n'est pas efficace contre plusieurs ennemis.

Le garage…

1 - Bar-cuisine : Mimi et Éric y prennent leurs repas… lorsqu'ils en ont le temps !

2 - Table de conférence : c'est ici que les agents du Phœnix étudient les décisions à prendre.

3 - Ordinateur : il contient toutes les adresses de la ville et des environs.

... du Phœnix

4 - Couchettes : Mimi et Éric s'y reposent rarement durant leurs enquêtes.

5 - Salle de bains : il faut rester propre, même dans les moments les plus dramatiques…

6 - Scooters : ces deux-roues ultra-perfectionnés sont mis à la disposition des agents du Phœnix.

Les agents...

L'heure de vérité a sonné. Il est temps pour toi de choisir le personnage que tu vas incarner tout au long de ta prochaine mission !

Mimi Merlin

Mimi a été recrutée par le Phœnix à cause de ses extraordinaires qualités sportives. Elle pratique la gymnastique à un haut niveau et monte à cheval tous les week-ends. Elle obtient d'excellents résultats scolaires, notamment en français et en histoire-géographie. Elle est dans la même classe qu'Éric Brian et leurs relations sont au beau fixe.

Mimi habite avec ses parents, Jacques et Élisabeth Merlin, dans un pavillon entouré d'un grand jardin. Sa mère est hôtesse de l'air et son père médecin du monde. Ils sont souvent absents, ce qui permet à Mimi de mener ses enquêtes sans attirer leur attention, même s'il ne lui est pas toujours facile de cacher ses activités secrètes.

... du Phœnix

Mimi et Éric sont très différents l'un de l'autre. N'oublie pas que tu ne peux pas changer de personnage en cours d'aventure !

Éric Brian

Certes, Éric n'a rien d'un sportif. Il préfère de loin ses livres et son ordinateur aux pistes d'athlétisme. Il compense sa maladresse par ses facultés de déduction. Ses résultats scolaires sont satisfaisants et il excelle en physique et en mathématiques. Il est dans la même classe que Mimi depuis des années, et ces deux agents s'entendent à merveille.

Les parents d'Éric sont divorcés. Il vit dans un appartement avec son père Philippe qui est journaliste sportif. Comme il est en déplacement tous les week-ends, cela facilite les enquêtes d'Éric. Sa mère tient une pâtisserie et elle s'est remariée avec un inspecteur de police, Jean-Paul Reideger, qui soupçonne les activités de son beau-fils.

Les 8 règles du Phœnix

1 • En entrant dans l'organisation, tu acceptes de lutter jusqu'à ton dernier souffle contre les forces du Mal.

2 • Il est interdit de refuser une mission.

3 • Il est interdit d'abandonner une mission.

4 • Il est interdit de dévoiler l'existence de l'organisation, même à tes parents ou à tes proches.

5 • Il est interdit de parler à quiconque d'une enquête à laquelle tu as participé, même à d'autres agents.

6 • Si tu échoues dans ta mission, tu seras immédiatement exclus du Phœnix. Même après ton exclusion, tu ne devras jamais révéler l'existence de l'organisation, ni raconter des faits ayant rapport avec une enquête.

7 • Il est interdit de faire usage de tes armes pour attaquer une personne suspectée de faire partie des forces du Mal. Ces armes sont réservées à la défense.

8 • Si tu violes une de ces règles, tu es passible de sanctions extrêmement graves et tenues secrètes.

Maintenant, tu es prêt pour l'aventure...
Va au paragraphe 1.

Vendredi 17h24 : le silence du ténor

1

La barbe ! Le dernier cours de la semaine traîne en longueur et tu fixes depuis plusieurs minutes la pendule fixée au-dessus du tableau noir. Les paroles de monsieur Franchu, ton professeur de mathématiques, ne sont plus qu'une étrange mélodie dont seules quelques notes parviennent à se frayer un chemin de tes oreilles jusqu'à ton cerveau.

« … n'oubliez pas le contrôle de lundi ! »

La grande aiguille égrène les secondes avec une lenteur exaspérante et tu te surprends à bâiller aux corneilles. Soudain, une sonnerie stridente te tire de ta léthargie et tu sursautes brutalement. Sans attendre que ton professeur ait terminé son discours, tu saisis les cahiers qui jonchent ta table, les jettes pêle-mêle dans ta besace et cours vers la porte de la classe avec une énergie retrouvée. En dévalant les escaliers quatre à quatre, tu manques de renverser cette pauvre **Mlle Letailleur**, ton professeur de chant, puis tu parviens à gagner la sortie sans te faire écraser par tes camarades qui, aussi pressés que toi, se ruent comme des sauvages vers la sortie du collège. Te voilà libre ! C'est vendredi soir ! C'est le week-end ! Il ne te reste plus qu'à dire au revoir à tes copains avant de rejoindre ton domicile en sifflotant sous les marronniers du boulevard.

— *Mimi, va au* **8**. *Éric, va au* **12**.

2

Mendes griffonne sur son calepin : « *Pas question. J'ai horreur des piqûres, des hôpitaux et des médecins ! Rien ni personne ne me forcera à me rendre à l'hôpital !* » — *Va au* **27**.

3

À mesure que vous approchez du clochard, une odeur nauséabonde vous saute à la gorge. Vous prenez votre courage à deux mains et secouez le gros bonhomme couché sur le banc pour le réveiller.

« Hein, quoi ? aboie l'individu en émergeant. Qu'est-ce que c'est ? C'est mon banc, ici, laissez-moi tranquille !

— Excusez-nous, monsieur, mais c'est une question de vie et de mort ! Avez-vous vu le gros homme qui s'est évanoui sur le trottoir ce matin ?

— Évanoui ? Vous rigolez ? Ce gros type s'est fait jeter d'une voiture ! Une grosse voiture noire… J'ai jeté un œil à l'intérieur avant que la portière se referme. J'ai vu deux mecs sur la banquette arrière. Beaux gosses, musclés, bronzés… Ensuite, la bagnole a démarré et puis elle a filé vite fait. Tout ça est plutôt bizarre, croyez-moi… Dites, z'avez pas une petite

pièce ? Allez, quoi… »
Vous glissez quelques pièces de monnaie dans la main du clochard pour le remercier de sa précieuse collaboration. — *Retourne au* **9**.

4

Devant l'Opéra, le corps de l'homme en redingote a disparu. Mimi t'attend avec l'air soucieux.

« Éric, te dit-elle, tu sais qui était l'homme étendu sur le sol tout à l'heure ? C'était Roland Mouchette, le remplaçant de Mendes. Je crois que nous pouvons le gommer de notre liste de suspects. Une ambulance vient de l'emporter à l'**Hôpital Garnier**. Oh, j'oubliais l'essentiel : sa voix… Elle s'est envolée, elle aussi ! Et toi qu'est-ce que tu as découvert ? »
Tu fais part à Mimi de ta récente mésaventure puis vous regagnez le garage. — *Va au* **6**.

5

Vous quittez le domicile de Ricardo Mendes et rejoignez le garage. — *Consulte l'ordinateur p. 47 et choisis un nom ou un lieu figurant sur ta fiche d'enquête.*

6

Il est tard et la fatigue de la semaine commence à se faire sentir. — *Si tu es certain d'avoir épuisé toutes les pistes mises à ta disposition, c'est l'heure d'aller te coucher au garage au* **45** *(p. 48). Sinon, consulte l'annuaire p. 47 et choisis un nom ou un lieu figurant sur ta fiche d'enquête.*

7

Vous pénétrez avec appréhension dans l'hôpital Garnier. Des néons projettent une lumière lugubre dans les couloirs blancs parcourus par des malades aux mines fatiguées. Quel lieu sinistre ! Vous vous dirigez vers le guichet où officie une grosse infirmière à la physionomie sympathique.

« Bonjour, madame. Pourrions-nous rendre visite à M. Mouchette, s'il vous plaît ?

— Impossible ! Il est beaucoup trop faible pour l'instant. Le docteur a formellement interdit toute visite ! »

Une fois de plus, on vous met des bâtons dans les roues. — *Si tu rejoins le garage, va au* **6**. *Si tu mènes ton enquête dans l'hôpital, va au* **40**.

8

« Ho, hé, y'a quelqu'un ? » Comme presque tous les soirs lorsque tu rentres du collège, la maison est aussi vide que ton estomac… Parfois, tu te demandes si tes parents se rappellent que tu existes ! Avec une mère hôtesse de l'air et un père médecin du monde, tu as l'habitude de passer de nombreuses soirées en solitaire. Éric, lui, a toujours son père à ses côtés… Quel veinard ! Un mot est scotché sur le frigo.

« Ma petite fille chérie à sa Maman, Papa et moi, nous ne serons pas là du week-end. Le travail, tu sais ce que c'est ! Nous rentrons lundi matin. Je te laisse cent francs pour faire des courses. Bisous. Maman. »

Il faudra penser à dire à ta mère que tu n'as plus cinq ans. Tu explores les placards pour dénicher quelque chose à te mettre sous la dent lorsque le téléphone sonne. Tu décroches le combiné mural… — *Va au* **35**.

9

Le square Bellini est un petit espace vert situé à quelques centaines de mètres du domicile de M. Mendes. Derrière les grilles, des bébés gazouillent dans le bac à sable sous l'œil bienveillant de leurs mamans. Des enfants plus grands poussent des hurlements en escaladant une cage à écureuils. Un gardien en uniforme surveille la scène d'un œil sévère, prêt à intervenir au moindre incident. Un clochard est allongé sur un banc, un peu à l'écart des autres visiteurs… — *Si tu t'adresses aux mères de famille, va au* **31**. *Si tu préfères interroger le gardien du square, va au* **34**. *Si tu réveilles le clochard pour le questionner, va au* **3**. *Si tu souhaites quitter le square, va au* **6**.

10

Les bureaux de Maliba Records sont situés dans un magnifique immeuble de verre et d'acier. Et zut, c'est fermé ! Une pile de prospectus est posée dans une boîte en carton fixée à la porte vitrée. Tu te saisis d'un exemplaire : « Demain à 10 heures, grand concours ! Gagne des places pour le concert des Three Pops et des T-shirts de tes vedettes préférées ! » — *Ajoute à ton inventaire le* ***Prospectus Three Pops****. Mimi, va au* **39**. *Éric, va au* **36**.

11

Tu sautes sur ton deux roues et tu actionnes la poignée d'accélérateur : le scooter bondit comme un cheval sauvage. La voiture s'engage dans une rue à droite et échappe à ton champ de vision. Lorsque tu tournes à ton tour, tu constates qu'elle a disparu. Le conducteur t'as probablement repéré ! A-t-il emprunté la rue de gauche ou la rue de droite ? — *Si tu tournes à gauche, va au* **19**. *Si tu tournes à droite, va au* **23**.

12

L'ascenseur de ton immeuble est encore bloqué ! Elle a de la chance, Mimi, d'habiter une maison avec un jardin ! Tu gravis les quatre étages au pas de course et tu rejoins ton appartement dans un état d'épuisement indescriptible. Allongé dans le canapé du salon, ton père te salue d'un geste distrait avant de se replonger dans la lecture de son magazine sportif favori. Tu rejoins ta chambre et tu t'installes devant ton ordinateur : il te reste quelques niveaux d'un jeu vidéo génial à explorer et tu t'es juré d'en venir à bout. Et zut, voilà que le téléphone sonne. Qu'est-ce que tu attends pour décrocher ? — *Va au* **16**.

13

Vous avez beau frapper à la porte avec insistance, personne ne vient vous ouvrir. Mlle Letailleur a dû partir en week-end… Ça alors ! Les profs ont une vie après le collège ! Il y en a qui ont vraiment de la chance ! — *Va au* **6**.

11 • Le scooter bondit comme un cheval sauvage.

14

Éric s'élance à la poursuite de la voiture. Pourvu qu'il parvienne à la rattraper ! Le corps inanimé de l'homme en redingote gît à tes pieds. Il faut lui venir en aide ! — *Si tu essaies de lui porter les premiers secours, va au* **22**. *Si tu fouilles ses poches pour recueillir des indices, va au* **26**.

15

Tu cours à toute allure vers le véhicule suspect. En entamant son virage, la voiture ralentit et tu en profites pour te rapprocher. Tu mémorises le numéro d'immatriculation. Il faudra que tu penses à faire un tour au **Service des immatriculations** de la mairie. Hélas, une fois cet obstacle franchi, la limousine prend de la vitesse et tu n'as plus aucune chance de la rattraper. Tu pars retrouver Mimi devant l'Opéra. — *Va au* **4**.

16

Tu reconnais immédiatement la voix joyeuse de Fred le zappeur, votre chef d'équipe du Phœnix. Quand Fred dit « allô ? », c'est que le week-end ne sera pas de tout repos !

« Éric, j'espère que tu es en forme ! J'ai du travail pour toi.

— En forme ? Tu plaisantes ? On voit bien que ce n'est pas toi qui as passé une semaine au collège !

— Taratata ! M. Georges a un problème et il apprécierait que tu lui donnes un p'tit coup de main.

Tu n'oserais pas le décevoir, dis ?

— Mais tu t'rends pas compte ! J'ai une dissertation de français à rendre lundi matin !

— Ne t'inquiète pas, je m'occupe de tout. Tu sais, ton écriture n'est pas bien difficile à imiter. C'est quoi, le sujet cette fois ?

— Il faut que je raconte mon meilleur souvenir de vacances. Pas très original, comme tu vois…

— T'inquiète. Je te garantis un 16 sur 20, minimum.

— Mouais… Je crois que j'ai pas le choix. Bon, c'est quoi le problème de M. Georges ?

— Tu connais **Ricardo Mendes**, le chanteur de l'Opéra ? Et bien figure-toi qu'il a perdu sa voix dans des circonstances extrêmement étranges. Nous pensons qu'il a pu être victime d'un sortilège. Je te conseille de lui rendre une petite visite… Je viens d'appeler Mimi. Elle t'attend au garage de la rue Lesuaire. N'oubliez pas de me tenir au courant ! Bon courage, agent Brian !

— Salut, Fred. »

Quelle galère ! Toi qui espérais passer un week-end tranquille ! Reste un petit problème à régler…

« Eh Papa ! Je vais dormir chez un copain. Ça te dérange pas ?

— Chez qui ? te demande-t-il sans lever les yeux de son magazine.

— Chez Fred, un copain de classe, mens-tu effrontément. Je t'ai laissé son numéro près du téléphone.

— D'accord, mon fils. Amuse-toi bien. Ah, au fait ! Je serai pas là du week-end. Je pars en reportage en province. »
Tu embrasses ton père puis tu quittes l'appartement.
— *Tu rejoins le garage. Va au* **20**.

17

Vous avez beau vous acharner sur la sonnette de l'appartement de Roland Mouchette, personne ne vous ouvre. Peut-être devriez-vous faire un tour à l'**Opéra**… — *Va au* **6**.

18

C'est le moment ou jamais de te lancer à la poursuite de la voiture noire. — *Si tu sautes sur ton scooter pour entamer ta traque, va au* **11**. *Si tu cours vers le véhicule suspect, va au* **15**.

19

Malédiction ! Tu as choisi la mauvaise direction ! Dans ton rétroviseur, tu vois la voiture qui file à vive allure en sens contraire. Tu fais demi-tour à la hâte et tu mets la gomme pour la rattraper. Tu files à grande vitesse en espérant qu'aucun obstacle ne se mette en travers de ton chemin. Tu te rapproches suffisamment pour distinguer le numéro d'immatriculation du véhicule. Il faudra que tu penses à faire un tour au **Service des immatriculations** de la mairie. — *Si tu accélères pour rattraper la voiture, va au* **38**. *Si tu la laisses t'échapper, il ne te reste plus qu'à rejoindre Mimi devant l'Opéra, au* **4**.

20

Lorsque tu pénètres dans le garage, tu surprends Mimi penchée devant le réfrigérateur.

« Ça va Mimi ?

— Comme un week-end gâché par Fred… Faudra penser à faire quelques courses. Il n'y a plus rien à manger dans ce frigo à la noix…

— Arrête de râler ! Tu devrais être ravie de passer deux jours avec moi !

— Tu rêves ! Je te vois déjà toute la semaine !

— Ce que tu peux être désagréable ! Sers-nous quelque chose à boire. On a du pain sur la planche… » Vous vous installez à la table de conférence pour décider de la marche à suivre. Le moins que l'on puisse dire, c'est que vous n'avez pas beaucoup de pistes.

« Bon, on commence par quoi ? demande Mimi.

— On devrait chercher quelques adresses… »

— Consulte l'ordinateur p. 47 et choisis un nom ou un lieu figurant sur ta fiche d'enquête.

21

Le professeur Vernouillet ouvre la porte de son appartement et écarquille des yeux ronds comme des soucoupes.

« Hé bien, les enfants, que faites-vous là ? Vous n'en avez pas assez de m'avoir sur le dos toute la semaine au collège ?

Il faut en plus que vous veniez me voir même le week-end ! Qu'est-ce qui vous amène ? »

Tu sors de ta poche l'étrange statuette que t'a remise M. Mendes et tu la tends à ton professeur.

« On a trouvé ça, monsieur. Est-ce que vous savez ce que c'est ? Ça vaut cher ?

— Mmh, faites voir… »

M. Vernouillet tourne et retourne la statuette dans le creux de sa main avec un air soucieux…

« Où avez-vous trouvé ça ? Il y a très longtemps, les sorciers utilisaient ces petites figurines pour leurs sortilèges… Celle-là est probablement une copie : les originaux datent de l'an mil ! »

Tu récupères ta pièce à conviction et la glisses dans ta poche. L'an mil ? On dirait que le Phœnix avait raison ! Des sorciers se baladent dans la ville ! Vous souhaitez un bon week-end à M. Vernouillet et regagnez le garage, un peu mal à l'aise… — *Va au* **6**.

22

Comme tu as vu si souvent ton père le faire, tu déboutonnes le col cassé de la victime pour l'aider à respirer. Il ouvre des yeux terrifiés et ses lèvres s'animent : horreur, aucun son ne sort de sa bouche ! Encore une victime du mystérieux voleur de voix ! L'homme retombe inconscient. Le sortilège a encore frappé ! — *Si tu fouilles ses poches pour recueillir des indices, va au* **26**. *Si tu préfères appeler les secours, va au* **29**.

23

Quelle chance ! Tu as choisi la bonne direction ! La voiture noire n'est qu'à quelques mètres de toi et tu la rattrapes sans difficulté. Tu mémorises le numéro d'immatriculation. Il faudra que tu penses à faire un tour au **Service des immatriculations** de la mairie. Tu te hisses au niveau de la voiture pour voir qui se cache derrière les vitres fumées. Tu distingues quatre silhouettes imprécises à l'intérieur du véhicule. Serais-tu confronté à un gang de sorciers ? Soudain, le chauffeur fait un écart et te percute latéralement. Tu es obligé de poursuivre ta course sur le trottoir. Tu frôles un kiosque à journaux, renverse deux poubelles et finis ta course à trois centimètres de la vitrine d'un bijoutier. Ouf, tu l'as échappé belle… Malheureusement, la limousine est déjà loin et ton moteur émet un petit bruit sinistre et inhabituel. Pourvu que ton scooter bien-aimé n'ait pas été endommagé ! Tu rejoins Mimi à petite vitesse devant l'Opéra. — *Va au* **4**.

24

Vous garez vos scooters devant le domicile de Ricardo Mendes, une petite maison de bois blanc située à la périphérie de la ville. Vous appuyez longuement sur la sonnette. Trente secondes plus tard, un homme gras et brun entrouvre la porte. Il vous dévisage quelques instants puis sort un calepin de la poche de sa robe de chambre. Il griffonne quelques mots puis vous tend une feuille sur laquelle est inscrit : «*Qui êtes-vous ?* » Le pauvre homme a bel et bien perdu la voix !

« Nous sommes Mimi Merlin et Éric Brian, du Phœnix. Nous sommes ici pour vous aider. » Il vous adresse un sourire timide puis vous fait signe de le suivre à l'intérieur de la maison. Vous pénétrez dans un salon meublé à l'ancienne au centre duquel trône un gigantesque piano à queue. D'un geste, Ricardo Mendes vous invite à vous asseoir dans un confortable canapé de cuir. Tandis que vous admirez la pièce qui vous entoure, le ténor griffonne à la hâte sur son calepin avant de vous le tendre. Vous déchiffrez la minuscule écriture :

« *Ce matin, alors que je rentrais de ma promenade matinale au* **Square Bellini**, *une voiture a ralenti le long du trottoir à quelques mètres de moi. Je n'y ai pas fait attention sur le coup mais j'ai commencé à m'inquiéter lorsque je me suis aperçu que le véhicule me suivait en roulant à ma vitesse. Lorsque j'ai tourné la tête, j'ai vu une grande silhouette sombre. Une main s'est posée sur mon épaule et je me suis évanoui… Lorsque j'ai repris conscience, la voiture avait disparu et ma voix s'était envolée. J'ai alors réalisé que deux heures s'étaient écoulées ! Dans ma main, j'ai trouvé cet objet.* »

24 • Le ténor vous tend son calepin...

25 • Un homme est jeté hors du véhicule...

Lorsque vous relevez les yeux vers Ricardo Mendes, de grosses larmes coulent le long de ses joues. Il tire de sa poche une statuette de quelques centimètres reliée à une chaîne en or brisée. Peut-être devriez-vous la montrer à **M. Vernouillet**, votre professeur d'histoire… Tu glisses cet indice dans ta poche. Vous attendez que le pauvre homme se calme avant de poser vos questions… — Va au **27**.

25

L'Opéra ! Quel magnifique bâtiment ! Vous êtes éblouis par sa coupole dorée et ses colonnes de marbre. Alors que vous gravissez les marches menant à la porte d'entrée, vous entendez derrière vous un crissement de pneus suivi d'un choc sourd. Lorsque vous vous retournez, une longue voiture noire est garée le long du trottoir. La portière arrière droite s'ouvre et un homme en redingote est jeté hors du véhicule au bas des marches. Le véhicule redémarre et prend la fuite à vive allure. Il s'apprête à tourner à droite au coin de la rue… — *Mimi, va au* **14**. *Éric, va au* **18**.

26

Tu explores les poches de la redingote où tu trouves une carte d'identité au nom de Roland Mouchette ! Bon sang, c'est le remplaçant de Ricardo Mendes ! Tu peux le rayer de la liste des suspects ! — *Si tu lui portes secours, va au* **22**. *Si tu appelles une ambulance, va au* **29**.

27

« À quoi ressemblait cette voiture ? » *Va au* **30**.

« Avez-vous des ennemis, monsieur ? » *Va au* **33**.

« Avez-vous été examiné par un médecin depuis votre agression ? » *Va au* **2**.

« Au revoir, monsieur Mendes, je crois que nous en avons suffisamment appris. » *Va au* **5**.

28

Après quelques minutes de queue au comptoir des renseignements, vous parvenez à atteindre le guichet.

« C'est pour quoi ? te demande l'agent de service.

— Mon père a eu un accident de voiture et il est à l'hôpital, mens-tu. Le chauffard qui lui est rentré dedans a pris la fuite mais il a eu le temps de mémoriser sa plaque d'immatriculation. Pouvez-vous me dire à qui appartient la voiture portant ce numéro ? »
L'agent pianote sur un ordinateur en marmonnant puis te fait part du résultat de ses recherches.

« Cette voiture est immatriculée au nom de la société **Maliba Records**. Au suivant ! »
Votre enquête vient de faire un grand bond en avant ! Vous quittez le service des immatriculations et rejoignez le garage de la rue Lesuaire. — *Va au* **6**.

29

Tu joins les secours sur ton téléphone mobile puis tu murmures des paroles de réconfort à la victime en attendant l'arrivée de l'ambulance. Un homme aux cheveux blancs vêtu d'une queue-de-pie dévale les escaliers de l'Opéra pour venir à ta rencontre.

« Que se passe-t-il ? Mon dieu, mais c'est monsieur Mouchette, le ténor ! Que lui est-il arrivé ?

— Il a perdu sa voix ! réponds-tu.

— Comment est-ce possible ? La même mésaventure est arrivée à Victor Mendes ce matin ! Que va devenir notre orchestre ?

— Qui êtes-vous ? interroges-tu.

— Je m'appelle Fernand Lefèvre et je suis le chef d'orchestre de l'Opéra ! »

Une ambulance se gare le long du trottoir. Un infirmier en jaillit et cours s'agenouiller au chevet de la victime.

« C'est bon, dit-il après un rapide examen, il n'a rien de grave. Les fonctions vitales sont satisfaisantes. »

Les brancardiers hissent prudemment Mouchette à bord de l'ambulance puis, toutes sirènes hurlantes, prennent la route de l'**Hôpital Garnier**. Lorsque tu te retournes, M. Lefèvre a disparu… — *Va au* **32**.

30

Mendes écrit sur son calepin : « *C'était une voiture noire et longue, très longue. Au moins six roues. Avec des vitres fumées pour qu'on ne puisse rien voir à l'intérieur.* » — *Va au* **27**.

31

« Bonjour, mesdames. Avez-vous remarqué quelque chose d'anormal ces derniers temps ?

— Non, déclarent en cœur les mères de famille,

nous n'avons rien vu. Nous sommes bien trop occupées à surveiller nos enfants pour prêter attention à quoi que ce soit d'autre ! » — *Retourne au* **9**.

32

Tiens, voilà qu'Éric est de retour. Mmh, il arbore sa mine des mauvais jours.

« Je me suis fait semer comme un débutant ! te dit-il. Cette voiture en a sous le capot, crois-moi ! J'ai quand même réussi à noter son numéro d'immatriculation : c'est déjà ça ! Il faudra passer au **Service des immatriculations** de la mairie. Et toi, qu'as-tu appris ? »

Tu fais part à Éric de tes récentes découvertes puis vous regagnez le garage. — *Va au* **6**.

33

Mendes griffonne sur son calepin : « *Je ne vois vraiment pas qui pourrait m'en vouloir. Il y a bien* **Roland Mouchette**. *C'est lui qui va me remplacer à l'Opéra à la suite de cet incident. C'est un bon ténor mais pas aussi bon que moi, il faut bien l'avouer ! Croyez-vous qu'il ait voulu m'évincer ? Je ne peux pas le croire !* » — *Va au* **27**.

34

« Bonjour monsieur. Avez-vous été témoin d'un incident ce matin ? Un homme brun et corpulent a été victime d'un enlèvement sur le trottoir, en face du square.

— Vous croyez que j'ai le temps de surveiller la rue avec tous ces petits voyous dans mon parc ? Laissez-moi tranquille, j'ai du travail ! »

— *Retourne au* **9**.

35

Tu reconnais immédiatement la voix caractéristique de Fred le zappeur. Quand Fred dit « allô ? », c'est que le week-end ne sera pas de tout repos !

« Mimi, j'espère que tu es en forme !

— En forme de quoi ?

— En forme d'agent du Phœnix, ma petite ! Ce cher M. Georges veut que tu lui donnes un coup de main.

— Mais tu t'rends pas compte ! J'ai une compétition de gym demain après-midi !

— Ne t'inquiète pas, je m'occupe de tout. Je vais te faire remplacer par une de mes recrues. Un peu de maquillage et ton entraîneur n'y verra que du feu. Je te garantis un résultat digne de toi, Mimi !

— Mouais… Je crois que j'ai pas le choix. Bon, c'est quoi le problème de M. Georges ?

— Tu connais **Ricardo Mendes,** le chanteur de l'Opéra ? Et bien figure-toi qu'il a perdu sa voix dans des circonstances extrêmement étranges. Nous pensons qu'il a pu être victime d'un sortilège. Je te conseille de lui rendre une petite visite… Je viens d'appeler Éric. Il t'attend au garage de la rue Lesuaire. N'oubliez pas de me tenir au courant ! Bon courage, agent Merlin ! »

Quelle galère ! Toi qui espérais passer un week-end tranquille ! Dans quelle affaire vas-tu encore te trouver embringuée ? — *Tu rejoins le garage. Va au* **37**.

36

Les Three Pops ! Ce groupe débile ! Tout dans les muscles, rien dans le crâne. C'est quoi leurs pseudonymes ridicules, déjà… Ah ouais : Kevin, Dylan et Jason ! C'est les empereurs de la honte, ces types !

« J'y crois pas ! On va les voir en chair et en os ! hurle Mimi derrière ton dos. C'est génial !

— Non mais je rêve, répliques-tu. Je croyais que tu avais bon goût !

— Mais comment peut-on être aussi jaloux ? Tu t'es regardé ? Évidemment, toi tu danses comme un légume et tu es taillé comme une crevette. Parfaitement, une crevette !

— Tu es devenue folle… Ça ne peut être que ça. Non mais tu as entendu les paroles de leurs chansons ? Je cite de mémoire : *Mon amour, oh maille beillebé ! Pour toujours je t'aimerai ! Si tu t'en vas dans la nuit, je s'rai seul dans mon lit ! Reste avec moi jusqu'au bout de la viiie !* C'est consternant, c'est pathétique ! »

Oups ! On dirait que tu as fait mouche… Le visage de Mimi s'est fermé. Elle boude, c'est sûr ! Tu ferais mieux de ne rien ajouter si tu ne veux pas subir son sale caractère durant tout le week-end. — *Vous rejoignez le garage en silence. Va au* **6**.

37

Lorsque tu pénètres dans le garage, Éric est en train de pianoter sur l'ordinateur.

« Ça va Éric ?

— Si ça va ? Tu crois que ça m'amuse de travailler le week-end ? Fred commence à me taper sur les nerfs.

— Calme-toi, je m'occupe de tout. Contente-toi d'obéir aux ordres !

— Pour qui tu te prends ? Ils ont raison au collège quand ils disent que tu n'es qu'une petite prétentieuse.

— Pfff… Des jaloux ! Tiens, sers-nous plutôt quelque chose à boire, on a du pain sur la planche. »

Vous vous installez à la table de conférence pour décider de la marche à suivre. Le moins que l'on puisse dire, c'est que vous n'avez pas beaucoup de pistes.

« Bon, on commence par quoi ? demande Éric.

— On devrait chercher quelques adresses dans la base de données de l'ordinateur… »

— *Consulte l'ordinateur p. 47 et choisis un nom ou un lieu figurant sur ta fiche d'enquête.*

38

Tu prends des risques insensés pour rattraper la voiture noire. Tu slalomes dangereusement entre les véhicules et les passants qui osent s'aventurer sur les passages piétons. Soudain, un camion débouche d'une rue à droite. Tu n'as pas le temps de freiner ! Tu perds conscience au moment où ton scooter heurte cet obstacle inattendu.

Tu reprends tes esprits dans une chambre blanche. Mimi somnole sur une chaise à tes côtés.

« Où suis-je ? murmures-tu. Au paradis ?

— À l'hôpital Garnier. Tu m'as fait une peur bleue, imbécile. Quelle idée de prendre de tels risques ! Tu t'en tires bien : une jambe et une côte cassées. Si tu voyais l'état du scooter… En tous cas, notre mission est terminée. M. Georges nous retire l'affaire. De toute façon, tu n'es plus en état de continuer. Tâche d'être plus prudent à l'avenir ! » — *Tu n'as pas fait long feu ! Si tu veux tenter à nouveau ta chance, reprends ton aventure au* **18**.

39

Les Three Pops ! Génial, c'est un de tes groupes préférés ! Ces mecs sont vraiment canons ! C'est quoi leurs noms déjà… Ah ouais : Kevin, Dylan et Jason ! Tu t'es toujours demandé lequel tu préférais. Le choix est difficile !

« J'y crois pas ! On va les voir en chair et en os ! hurles-tu en te retournant vers Éric.

— Non mais je rêve, chuchote-t-il. Je croyais que tu avais bon goût. C'est vraiment des crétins. Tout dans les muscles, rien dans le crâne. C'est les empereurs de la honte, ces types !

— Mais comment peut-on être aussi jaloux ? répliques-tu. Évidemment, toi tu danses comme un légume et tu es taillé comme une crevette. Parfaitement, une crevette !

— Tu es devenue folle… Ça ne peut être que ça. Non mais tu as bien entendu les paroles de leurs chansons ? Je cite de mémoire : *Mon amour, oh maille beillebé ! Pour toujours je t'aimerai ! Si tu t'en vas dans la nuit, je s'rai seul dans mon lit ! Reste avec moi jusqu'au bout de la viiie !* C'est ridicule, c'est pathétique ! »
Devant tant de mauvaise foi, ce n'est même plus la peine d'argumenter. Tu préfères te taire que de répondre à ce sinistre individu. De toute façon, il ne connaît rien à l'art ! — *Vous rejoignez le garage en boudant. Va au* **6**.

40

L'air innocent, vous vous dirigez vers la sortie. Profitant d'un moment d'inattention de l'infirmière postée au guichet, vous vous apprêtez à obliquer dans un des couloirs qui s'ouvrent sur les côtés du hall. — *Si tu choisis d'emprunter le couloir de gauche, va au* **41**. *Si tu préfères celui de droite, va au* **42**.

41

Vos semelles grincent sur le lino gris de l'hôpital. Vous déchiffrez en silence les noms des patients figurant sur les portes. Au fond du couloir, vous découvrez la chambre de Roland Mouchette. — *Si tu pousses la porte de la chambre, va au* **43**. *Sinon, tu peux emprunter le couloir de droite au* **42** *ou quitter l'hôpital au* **6**.

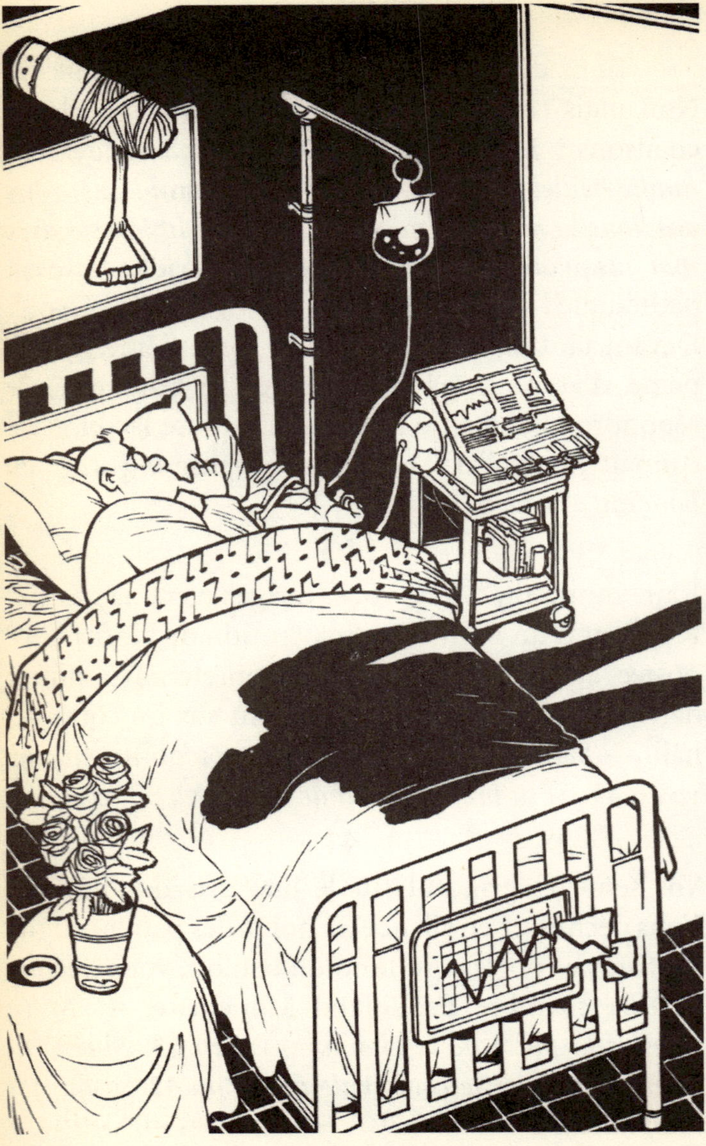

43 • Vous vous approchez du malade.

42

Vous vous déplacez silencieusement sous les néons lugubres du couloir. Soudain, une porte s'ouvre devant vous et vous vous glissez dans un coin sombre pour ne pas être remarqués. De la salle sortent deux médecins hilares vêtus de blouses blanches. Ils passent tout près de vous sans vous remarquer. — *Si tu décides de pénétrer dans la salle, va au* **44**. *Si tu rebrousses chemin, tu peux emprunter le couloir de gauche au* **41** *ou quitter l'hôpital au* **6**.

43

Vos yeux mettent quelques secondes à s'accoutumer à l'obscurité qui règne dans la pièce puis vous distinguez un lit sur lequel repose Roland Mouchette. Vous vous approchez du malade.

« Monsieur Mouchette… Réveillez-vous… Nous devons vous parler… », chuchotes-tu.

L'homme ne réagit pas. Tu presses doucement son avant-bras mais rien n'y fait… Soudain, le porte de la chambre s'ouvre à la volée. Une silhouette massive se découpe dans l'encadrement.

« Vous n'avez pas le droit d'être ici ! tonne une voix impérieuse. Allez-vous-en tout de suite bande de petits voyous ! »

Devant la masse musculaire du surveillant qui se tient devant vous, vous préférez prendre vos jambes à votre cou. Vous cavalez dans les couloirs jusqu'à la sortie. — *Va au* **6**.

44

Après vous être assurés que le couloir était désert, vous sortez de votre cachette et ouvrez prudemment la porte. Vous êtes surpris par le capharnaüm qui règne dans la salle. Vous dénombrez sur le sol et sur la moindre surface plane disponible une quantité phénoménale de tasses à café en plastique usagées. Les murs sont tapissés de diagrammes et de planches anatomiques qui donnent à la pièce un aspect inquiétant. Des revues médicales sont entassées sur la table qui occupe le centre de la pièce. Sur la paroi du fond, vous remarquez une plaque lumineuse sur laquelle sont accrochées des radios de malades. Le nom de Roland Mouchette est inscrit sur l'une d'elles. Hélas, vous n'êtes pas médecin et il vous est impossible d'en tirer la moindre conclusion. Pourtant, à en juger aux traces de doigts qui recouvrent les clichés, tout le personnel de l'hôpital les a examinés. Qu'est-ce qu'elles ont de si extraordinaire ? On dirait que le chanteur à de sérieux ennuis de santé… Qui pourrait vous renseigner sur son état ? — *Ajoute la* **Radio de Mouchette** *à ton inventaire. Il ne vous reste plus qu'à explorer le couloir de gauche au* **41** *ou quitter l'hôpital au* **6**.

Choisis un nom de personne ou de lieu sur ta fiche d'enquête et cherche-le dans la liste alphabétique ci-dessous. Ensuite, rends-toi au numéro indiqué dans l'adresse.

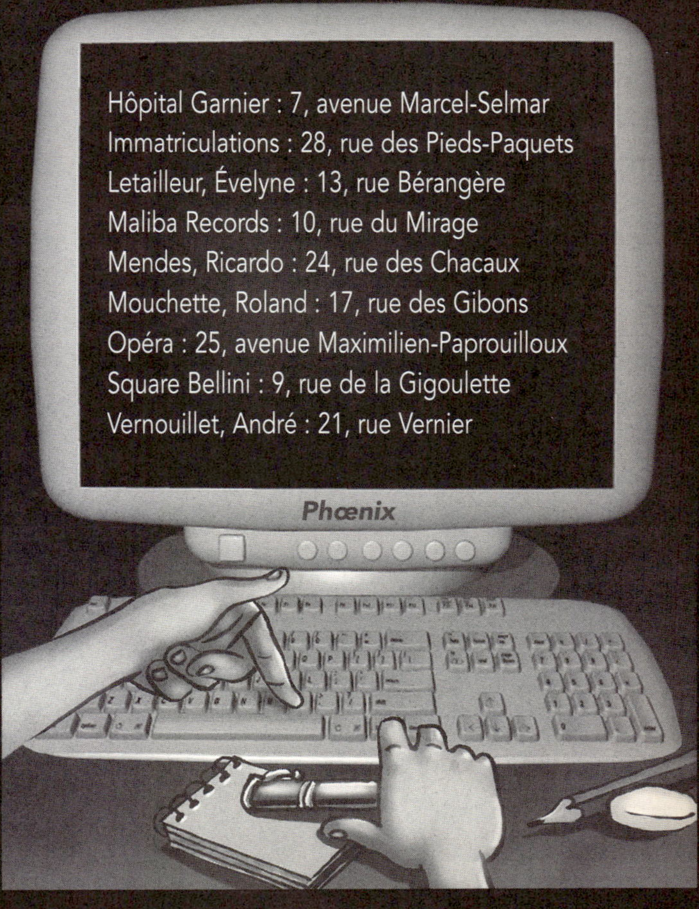

Samedi 8h43 : effroi chez Maliba

45

Vous êtes réveillés par la sonnerie stridente du téléphone. Tu te relèves puis tu te diriges au radar vers le combiné.

« Allô ? articules-tu d'une voix pâteuse.

— Salut, c'est Fred. Vous avez vu l'heure qu'il est ?

— Hé, je te rappelle qu'on est samedi, protestes-tu. On a bien le droit de se reposer un peu, non ?

— Non, répond sèchement Fred. Une menace pèse sur la ville et M. Georges s'impatiente.

— M. Georges, M. Georges, il a bon dos celui-là ! Je t'assure que… »

Ta phrase est interrompue par la tonalité du téléphone. Fred a raccroché ! Il vous prend vraiment pour des esclaves ! Tu réveilles la larve qui te sert de partenaire puis vous avalez un solide petit déjeuner. Vers 9h15, vous êtes prêts à poursuivre votre enquête.

— *Si vous possédez le* ***Prospectus Three Pops****, allez au* **90**. *Sinon, allez au* **95**.

46

« C'est impossible ! Tout le monde est très occupé ces jours-ci à cause du concert. » — *Retourne au* **88**.

47

Tu rejoins rapidement le rez-de-chaussée par l'escalier. — *Retourne au* **93**.

48

Te voilà offerte aux regards de tous. C'est peut-être ton jour de gloire, qui sait ? Et toi qui étais censée passer inaperçue pendant cette enquête ! Marc Ferrara passe un bras autour de tes épaules et te plante un micro sous le nez :

« Bonjour, comment t'appelles-tu ?

— Euh… Charlotte, improvises-tu.

— On applaudit Charlotte ! » poursuit l'animateur.

La foule obéit sagement et tu sens un trac délicieux t'envahir.

« Tu es prête à chanter ? reprend Marc.

— Oui ! réponds-tu sans hésiter.

— C'est à toi ! »

Les secondes qui suivent sont les plus excitantes de ton existence. D'une voix assurée, tu interprètes à la perfection « Au bout de la vie » en esquissant un habile pas de danse :

« Mon amour, oh my baby,
Pour toujours je t'aimerai !
Si tu t'en vas dans la nuit,
Je s'rai seule dans mon lit !
Reste avec moi jusqu'au bout de la vie ! »

La foule applaudit à tout rompre ta prestation et Marc Ferrara est obligé de t'arracher le micro des mains.

« Bravo, Charlotte ! Tu as gagné la place de concert… avec accès aux coulisses ! On l'applaudit encore, elle l'a bien mérité ! »
Tu quittes le podium sous les hourras du public et tu rejoins le hall. — *Ajoute à ton inventaire le* ***Ticket Backstage****. Va au* **91**.

49

Tu pénètres dans une salle au murs recouverts de casiers métalliques. Tu aperçois trois bureaux jonchés de papiers administratifs. Tu te jettes sous l'un d'eux pour échapper à tes poursuivants. Alors que tu crois t'être mis définitivement à l'abri, une voix grave résonne dans la pièce.

« Tu n'aurais pas dû mettre ton nez dans mes affaires ! Tu as commis une erreur fatale ! »
Une poigne d'acier te tire de ta cachette : devant toi se tient un homme immense vêtu de noir. Soudain, tu reçois un coup sur la tête et tu sombres dans l'inconscience… — *Mimi, va au* **245**. *Éric, va au* **250**.

50

Tu bondis sur le palier et cours à toute allure en direction des escaliers. Hélas, ton adversaire te rattrape avec une facilité déconcertante. Tu reçois un violent coup sur la tête et tu sombres dans l'inconscience… — *Mimi, va au* **245**. *Éric, va au* **250**.

51

« Mais de quoi vous mêlez-vous ? » — *Va au* **88**.

52

Tu plaques ton oreille contre la porte mais tu ne distingues pas le moindre bruit. — *Si tu frappes à la porte, va au* **75**. *Si tu préfères l'ouvrir sans prévenir, va au* **70**.

53

Te voilà offert aux regards de tous. Tu sens tes joues s'empourprer et tu ressens une gêne intolérable. Et toi qui étais censé passer inaperçu pendant cette enquête ! Marc Ferrara passe un bras autour de tes épaules et te plante un micro sous le nez :

« Bonjour, comment t'appelles-tu ?

— Euh… Michel, improvises-tu.

— On applaudit Michel ! » poursuit l'animateur.

La foule obéit sagement et tu te sens de plus en plus ridicule. C'est pour la bonne cause, Éric !

« Tu es prêt à chanter ? reprend Marc.

— Heu… Mouais… réponds-tu sans conviction.

— C'est à toi ! »

Les secondes qui suivent sont les plus longues de ton existence. D'une voix mal assurée, tu massacres « Au bout de la vie » en esquissant un pas de danse particulièrement maladroit :

« *Mon amour, oh my baby,*
Pour toujours je t'aimerai.
Si tu t'en vas dans la nuit,
Je s'rai seul… heu… *seul…* Gna, gna, gna…
Ben j'sais plus. »

La foule éclate de rire et Marc Ferrara est obligé de calmer l'assistance.

« Aaah, Michel ! Tu t'es trompé ! Un petit trou de mémoire ? C'est bien d'avoir participé : tu es quand même le SEUL garçon dans cette salle ! Pour la peine, Top FM est heureux de t'offrir une place pour le concert… mais pas d'accès aux coulisses ! Ah, ah, ah ! » Tu empoches le ticket que te tend l'animateur et quittes le podium sans te retourner pour rejoindre le hall. — *Ajoute à ton inventaire le* ***Ticket de Concert****.* *Va au* **91**.

54

Tu glisses la clef dans la porte qui s'ouvre sans résister. Tu pénètres dans une pièce aux murs tapissés de casiers métalliques. Au centre, un bureau jonché de papiers administratifs attire ton attention. — *Si tu fouilles le casier « Comptabilité », va au* **72**. *Si tu fouilles le casier « Personnel », va au* **77**. *Si tu examines le bureau, va au* **82**. *Si tu préfères quitter la pièce, va au* **87**.

55

Tu bondis sur le palier et cours à toute allure en direction des escaliers. À bout de souffle, tu parviens à rejoindre le hall sain et sauf. C'était qui, ce malade mental ? — *Si tu te glisses dans la file d'attente, va au* **60**. *Si tu as la certitude d'avoir mené à bien ton enquête chez Maliba Records, tu peux quitter l'immeuble au* **61**.

56

Vous garez vos scooters devant les locaux de Maliba Records. Des centaines de jeunes filles attendent en piaillant devant les portes de verre du bâtiment. Vous reconnaissez les cris caractéristiques des fans des Three Pops : « Jasooon ! Keviiin ! Dylaaan ! » La plupart des participantes à ce rassemblement portent des T-shirts représentant les trois membres du groupe. Vous vous tenez à l'écart pour ne pas finir piétinés par ces furies déchaînées. Au bout de quelques minutes, un employé ouvre les portes. Aussitôt, la foule se précipite à l'intérieur de l'immeuble. Vous suivez le mouvement. — *Va au* **83**.

57

Tu ouvres la porte et pénètres dans un labyrinthe de rayonnages sur lesquels sont entreposés des disques, des T-shirts et des posters de Three Pops. Tu déniches un badge du personnel vierge. Tu y inscris un faux nom et le glisses dans ta poche. Voilà qui pourra peut-être t'aider dans ton enquête. — *Ajoute à ton inventaire le* ***Badge du Personnel****. Tu quittes la pièce. Retourne au* **93**.

58

La porte semble particulièrement solide. — *Si tu tournes la poignée de la porte, va au* **80**. *Si tu veux la forcer, va au* **85**. *Si tu possèdes la* ***Clef de Martin*** *et si tu souhaites l'utiliser, va au paragraphe correspondant au numéro qui est gravé dessus.*

59

Pour ne pas perdre de temps, vous décidez de vous séparer pour mener vos investigations. — *Mimi, va au* **71**. *Éric, va au* **76**.

60

L'interminable file d'attente mène à un podium décoré de panneaux et d'autocollants « Top FM, la radio qu'on aime ». L'hystérie gagne peu à peu les filles rassemblées dans la queue. Certaines manquent de s'évanouir sous la pression de la foule, d'autres entonnent les tubes de leurs idoles. Soudain, une voix enthousiaste jaillit des hauts-parleurs fixés au mur de la salle.

« La première ou le premier d'entre vous qui pourra nous chanter par cœur les paroles de la chanson " Au bout de la vie " gagnera une place pour le concert de ce soir avec accès aux coulisses ! »

À ces mots, les hurlements redoublent et tu te demandes si tes tympans vont pouvoir résister à cette épreuve. — *Si tu possèdes le* ***Badge du Personnel****, va au* **78**. *Si tu essaies de forcer le passage, va au* **73**.

61

Hé, une minute ! Tu ne crois pas que tu oublies quelque chose ? — *Mimi, va au* **67**. *Éric, va au* **98**.

62

« … je suis stagiaire ! On m'a dit que vous aviez un travail à me confier ! Je suis à votre service ! »

Tu sors le badge de ta poche et l'agite sous le nez de

60 • L'hystérie gagne peu à peu !

ton interlocuteur. L'homme sourit et retombe dans son fauteuil.

« Veuillez m'excuser. Je suis un peu tendu en ce moment. Et puis… vous avez l'air si jeune ! Quel âge avez-vous ?

— Vingt ans, mens-tu. J'ai une croissance difficile.

— Je me présente : Vincent Martin, directeur de Maliba Records. J'ai effectivement une tâche à vous confier : allez au bureau des Services Administratifs. Je voudrais que vous classiez les dossiers du personnel. C'est un vrai foutoir là-dedans ! »

Il te tend une clef sur laquelle est gravé le nombre 54. Tu quittes le bureau… — *Ajoute la* ***Clef de Martin*** *à ton inventaire et retourne au* **89**.

63

Tu pénètres dans le monte-charge. Tu as beau chercher, tu ne trouves aucun bouton sur le tableau de commande. Tu découvres une manette rouillée à deux positions, « haut » et « bas ». — *Si tu actionnes la manette, va au* **79**. *Si tu préfères ne pas utiliser cet ascenseur, va au* **93**.

64

Tu entrouvres la porte du personnel et jettes un coup d'œil dans le hall. La secrétaire surveille attentivement les deux mouches qui sont à présent collées au plafond. Tu en profites pour rejoindre rapidement le hall. — *Va au* **91**.

65

Pour ne pas perdre de temps, vous décidez de vous séparer pour mener vos investigations. *— Mimi, va au* **81**. *Éric, va au* **86**.

66

« … je suis à la recherche des toilettes. Excusez-moi. » Tu quittes la pièce sans insister. *— Va au* **89**.

67

Éric te rejoint dans le hall. Tu lui fais part de tes découvertes et de tes mésaventures.

« Moi, te dit-il, tout ce que j'ai pu tirer, c'est une place pour le concert des Three Pops au **Baobab**… Cool, j'adore cette salle. Pour ce qui est de la musique, tu connais mon avis ! On devrait y faire un tour, tu crois pas ?

— Plutôt deux fois qu'une, mon p'tit Ricky ! »

— Enthousiastes, vous rejoignez le garage. Consulte l'ordinateur p. 71 et choisis un nom ou un lieu figurant sur ta fiche d'enquête.

68

La secrétaire n'a pas l'air débordé. Toute son attention est captivée par la lime à ongles qu'elle passe et repasse avec dextérité à l'extrémité de ses ongles. Derrière le guichet, tu remarques une porte sur laquelle est inscrit « Réservé au personnel ». *— Si tu parles à la secrétaire, va au* **88**. *Si tu tentes de te glisser par la porte de service sans te faire remarquer, va au* **74**.

69

L'escalier est très mal éclairé. Si quelqu'un voulait te tendre une embuscade, ce serait l'endroit idéal !

— *Si tu empruntes l'escalier, va au* **84**. *Si tu préfères ne pas t'y aventurer, retourne au* **93**.

70

Tu pénètres dans une pièce luxueuse aux murs décorés de tableaux abstraits. Derrière un grand bureau d'acajou, un homme roux d'une trentaine d'années est avachi dans un profond fauteuil de cuir. Il se redresse pour t'observer puis entre dans une rage folle. Ses cheveux se hérissent littéralement sur sa tête et son visage prend une teinte violacée :

« Qui êtes-vous ? Encore une espèce de fanatique des Three Pops ? Fichez-moi le camp immédiatement !

— Non, je suis… heu… »

— *Si tu possèdes le* ***Badge du Personnel****, va au* **62**. *Si tu lui sers un de ces mensonges dont tu as le secret, va au* **66**. *Si tu obéis à cet ordre, va au* **89**.

71

Tandis que tu te diriges vers le guichet, Éric se glisse dans la file d'attente. — *Va au* **68**.

72

Tu découvres une facture adressée à **William Kuzak**, manager des Three Pops. — *Si tu fouilles le casier « Personnel », va au* **77**. *Si tu examines le bureau, va au* **82**. *Si tu préfères quitter la pièce, va au* **87**.

70 • « Fichez-moi le camp immédiatement ! »

73

Tu prends ton souffle et te jettes dans la mêlée en jouant des coudes. Tu déclenches aussitôt un concert de protestations.

« Fais la queue comme tout le monde ! hurle une fan, visiblement au comble de la rage.

— Dégage, ajoute une autre, ou on te fait la peau ! » Eh bien, ça ne rigole pas chez les fans des Three Pops ! En moins de temps qu'il n'en faut pour le dire, une dizaine de furies te rejettent vers le hall sous une pluie d'insultes. — *Va au* **91**.

74

Cette secrétaire est un véritable chien de garde. Elle scrute son territoire avec une mine soupçonneuse. Soudain, deux mouches se mettent à tournoyer autour de sa chevelure. Visiblement furieuse, elle s'empare d'un magazine, le roule en boule et bat les airs avec cette arme improvisée. Profitant de cette baisse de concentration, tu te glisses à quatre pattes derrière le guichet et tu franchis prudemment la porte du personnel. — *Va au* **93**.

75

« Entrez ! » hurle une voix à l'intérieur de la pièce. Tu tournes la poignée. — *Va au* **70**.

76

Tandis que tu te diriges vers le guichet, Mimi se glisse dans la file d'attente. — *Va au* **68**.

73 • « Dégage, ou on te fait la peau ! »

77

Tu découvres une fiche où figurent les noms réels des Three Pops : Kevin s'appelle en fait **François Lebon**, Dylan répond au doux nom de **Gérard Gobillot** et Jason n'est autre que **Jean-Louis Balou**. — *Si tu fouilles le casier « Comptabilité », va au* **72**. *Si tu examines le bureau, va au* **82**. *Si tu quittes la pièce, va au* **87**.

78

Tu fixes le badge à ton vêtement puis tu t'avances, l'air résolu, en écartant les fans sur ton passage.

« Pardon… Personnel de Maliba Records… Excusez-moi… S'il vous plaît… »

Des regards soupçonneux se posent sur ton badge mais tu parviens à gagner le pied du podium où officie Marc Ferrara, l'animateur vedette de Top FM. Ce dernier te tend la main pour te faire monter ! D'une main habile, tu retires ton badge, le glisses dans ta poche et te hisses sur l'estrade. — *Mimi, va au* **48**. *Éric, va au* **53**.

79

Dans un bruyant grondement métallique, l'ascenseur s'élève quelques brèves secondes puis s'arrête à un palier. — *Va au* **89**.

80

Et zut ! C'est verrouillé ! Tu observes la porte attentivement : il se pourrait bien qu'elle soit équipée d'un système d'alarme. — *Va au* **58**.

81

Tandis que tu te glisses dans la file d'attente, Éric se dirige vers le guichet. — *Va au* **60**.

82

Tu découvres un fax provenant du **Palace Hôtel**. Tu déchiffres le document : « *À l'attention du groupe Three Pops. Confirmons la réservation de la suite présidentielle. Remerciements.* » — *Si tu fouilles le casier « Comptabilité », va au* **72**. *Si tu fouilles le casier « Personnel », va au* **77**. *Si tu quittes la pièce, va au* **87**.

83

Ouah, la classe ! Quel palais ! Sol de marbre, plantes géantes, fauteuils en cuir… On ne s'embête pas chez Maliba Records ! À l'entrée d'une vaste salle, sur la droite, s'est formée une gigantesque file d'attente de fans hurlantes. Sur la gauche, une secrétaire à l'air revêche est postée derrière un guichet. — *Si tu te diriges vers le guichet, va au* **59**. *Si tu te glisses dans la file, va au* **65**.

84

Malgré ton appréhension, tu gravis prudemment l'escalier qui aboutis à un palier. — *Va au* **89**.

85

Tu introduis ton électropass électronique dans la serrure. Aussitôt, une sirène retentit dans tout l'immeuble puis des pas résonnent dans l'escalier métallique menant au rez-de-chaussée. Pris de panique, tu réalises qu'il ne te reste que quelques secondes pour trouver un moyen de te sortir de ce mauvais pas. — *Si tu fuis par l'ascenseur, va au* **96**. *Si tu pénètres malgré tout dans la pièce que tu t'apprêtais à cambrioler, va au* **49**.

86

Tandis que tu te glisses dans la file d'attente, Mimi se dirige vers le guichet. — *Va au* **60**.

87

Au moment où tu t'apprêtes à franchir le seuil de la porte, un homme immense vêtu de noir surgit de derrière un casier. Ses yeux rouges brillent comme des braises et ses longs cheveux blancs flottent dans les airs d'une manière irréelle. Il pousse un cri aigu et bondit dans ta direction… — *Si tu utilises ta* ***Bombe au poivre****, va au* **92**. *Si tu utilises ton* ***Tazer****, va au* **97**. *Si tu fuis, va au* **50**.

88

« Bonjour, madame. »

La secrétaire interrompt son travail de manucure et lève les yeux vers toi.

« Qu'est-ce que c'est ? » interroge-t-elle.

Quelle question vas-tu lui poser ?

— *« Pourrais-je rencontrer un responsable ? », va au* **46**. *« Je recherche une voiture immatriculée au nom de votre société. Savez-vous qui l'utilise ? », va au* **51**. *Si tu préfères ne pas déranger la secrétaire, va au* **68**.

87 • Ses yeux brillent comme des braises...

89

Le vestibule où tu te trouves est faiblement éclairé par des plafonniers luxueux et tes pieds foulent une épaisse moquette. Tu remarques une porte à double battant ornée de motifs dorés. À l'opposé, tu distingues une porte blindée sur laquelle est inscrit « Services administratifs ». — *Si tu t'approches de la double porte, va au* **52**. *Si tu choisis la porte blindée, va au* **58**. *Si tu regagnes le rez-de-chaussée par l'ascenseur, va au* **94**. *Si tu préfères l'escalier, va au* **47**.

90

Tu sors le prospectus de ta poche : si vous ne voulez pas être en retard pour le concours, vous feriez bien de vous mettre en route sans tarder. Vous enfourchez vos scooters et quittez le garage. — *Va au* **56**.

91

Te voilà de retour dans le hall. — *Si tu te diriges vers le guichet, va au* **68**. *Si tu te glisses dans la file, va au* **60**. *Si tu as la certitude d'avoir mené à son terme ton enquête chez Maliba Records, tu peux quitter l'immeuble au* **61**.

92

Tu diriges la bombe en direction de ton agresseur et tu presses le pulvérisateur. Touché par le nuage de gaz, il pousse un cri de bête et place les mains sur ses yeux pour se protéger. En te dégageant, tu déchires un fragment de son costume. C'est le moment ou jamais de t'enfuir ! — *Ajoute ce* ***Bout de tissu noir*** *à ton inventaire. Va au* **55**.

93

Tu te trouves dans un couloir faiblement éclairé. Une fois tes yeux accoutumés à la pénombre, tu remarques une porte sur laquelle est inscrit « Fournitures », un escalier métallique qui monte à l'étage supérieur et un ascenseur à l'aspect délabré. — *Si tu ouvres la porte, va au* **57**. *Si tu empruntes l'ascenseur, va au* **63**. *Si tu préfères prendre l'escalier, va au* **69**. *Si tu préfères regagner le hall, va au* **64**.

94

Tu actionnes la manette de l'ascenseur et tu rejoins le rez-de-chaussée. — *Va au* **93**.

95

Qu'est-ce que vous avez bien pu rater ? Il faut vous rendre à l'évidence : vous avez oublié d'exploiter une piste importante… Il ne vous reste plus qu'à prévenir Fred que vous avez loupé la mission. Juste un mauvais moment à passer… Tu décroches le téléphone et compose le numéro de votre contact.

« Allô, Fred ? C'est moi.

— Alors comment avance votre enquête ?

— Ben, c'est-à-dire que… Je crois qu'on s'est plantés en beauté. On a plus le moindre indice…

— Et bien bravo ! Vous pouvez être fiers de vous ! Pourquoi ai-je engagé des agents aussi nuls ? Et il va falloir que j'explique tout ça à M. Georges ! Vous pouvez considérer que notre collaboration s'arrête ici. Je passerai dans la journée pour reprendre les clefs du garage. BON VENT, LES TOCARDS ! »

— *Il ne te reste plus qu'à reprendre ton enquête au* **37**.

96

Tu t'engouffres dans l'ascenseur et actionnes la manette. Hélas, un vigile vêtu d'un costume sombre débouche sur le palier, t'attrape par le col et t'extrait de la cabine avant que celle-ci se soit mise en mouvement.

« Je te tiens, prodige de la cambriole ! » murmure l'homme avec un sourire de prédateur.

Tu es conduit dans le hall du rez-de-chaussée. Quelques minutes plus tard, tu es confié à la garde de la police. Tes parents vont être ravis ! Ta mission a échoué… mais tes ennuis ne font que commencer !

— *Recommence ton enquête depuis le début, au* **1**.

97

Tu sors ton Tazer de ta poche et le pointe en direction de ton agresseur. Hélas, l'homme en noir est déjà sur toi et il écarte ton arme d'une habile manchette. Tu reçois un violent coup sur la tête et tu sombres dans l'inconscience… — *Mimi, va au* **245**. *Éric, va au* **250**.

98

Mimi te rejoint dans le hall. Tu lui fais part de tes découvertes et de tes mésaventures.

« Moi, te dit-elle, j'ai pas perdu ma journée ! J'ai gagné une place pour le concert des Three Pops au

Baobab… avec accès aux coulisses ! Cool, j'adore cette salle. En plus, je vais pouvoir les voir, leur parler… Cette enquête est vraiment géniale ! On devrait y faire un tour, tu crois pas ?

— Plutôt deux fois qu'une, Mimi ! »

— *Vous rejoignez le garage.* *Consulte l'ordinateur p. 71 et choisis un nom ou un lieu sur ta fiche d'enquête.*

99

Vous gravissez les marches menant à l'entrée du Palace Hôtel, l'établissement le plus luxueux de la ville. Alors que vous vous apprêtez à franchir la porte à tambour, un groom se précipite vers vous.

« Stop ! ordonne-t-il fermement. Vous devez être vêtus correctement pour pénétrer dans l'hôtel !

— Et alors, répliques-tu avec hargne, vous nous trouvez mal habillés ? »

Le groom vous détaille attentivement avant d'éclater de rire et de vous reconduire avec une certaine rudesse au bas des marches. Vous ne devez pas avoir la même définition de l'élégance vestimentaire. C'est plutôt vexant de se faire humilier par un guignol habillé en clown ! — *Consulte l'ordinateur p. 71 et choisis un nom ou un lieu figurant sur ta fiche d'enquête.*

100

L'adresse correspond à une petite maison située en périphérie de la ville. Une pancarte « À vendre » est plantée sur la pelouse. Vous jetez une coup d'œil par la fenêtre : toutes les pièces du pavillon sont vides et une épaisse couche de poussière recouvre le parquet. À l'évidence, la maison est abandonnée depuis longtemps. Voilà qui est étrange… — *Consulte l'ordinateur p. 71 et choisis un nom ou un lieu figurant sur ta fiche d'enquête.*

101

Kevin habite un modeste appartement situé au troisième étage d'un immeuble décrépi. Tu appuies sur la sonnette, une jeune femme entrouvre la porte.

« Qu'est-ce que c'est ?

— Bonjour, nous souhaiterions rencontrer Kevin… Euh… François Lebon.

— Vous êtes un peu en retard ! C'est le locataire qui m'a précédée dans cet appartement. Il a déménagé depuis plus de deux ans ! » — *Consulte l'ordinateur p. 71 et choisis un nom ou un lieu figurant sur ta fiche d'enquête.*

102

Là où vous pensiez trouver le domicile de Dylan, vous ne voyez qu'un chantier hérissé de grues et parcouru par des bulldozers. En lisant la pancarte fixée à la clôture, vous apprenez que l'immeuble qui se trouvait là autrefois a été démoli il y a huit mois. Où Dylan peut-il bien habiter à présent ? — *Consulte l'ordinateur p. 71 et choisis un nom ou un lieu figurant sur ta fiche d'enquête.*

Choisis un nom de personne ou de lieu sur ta fiche d'enquête et cherche-le dans la liste alphabétique ci-dessous. Ensuite, rends-toi au numéro indiqué dans l'adresse.

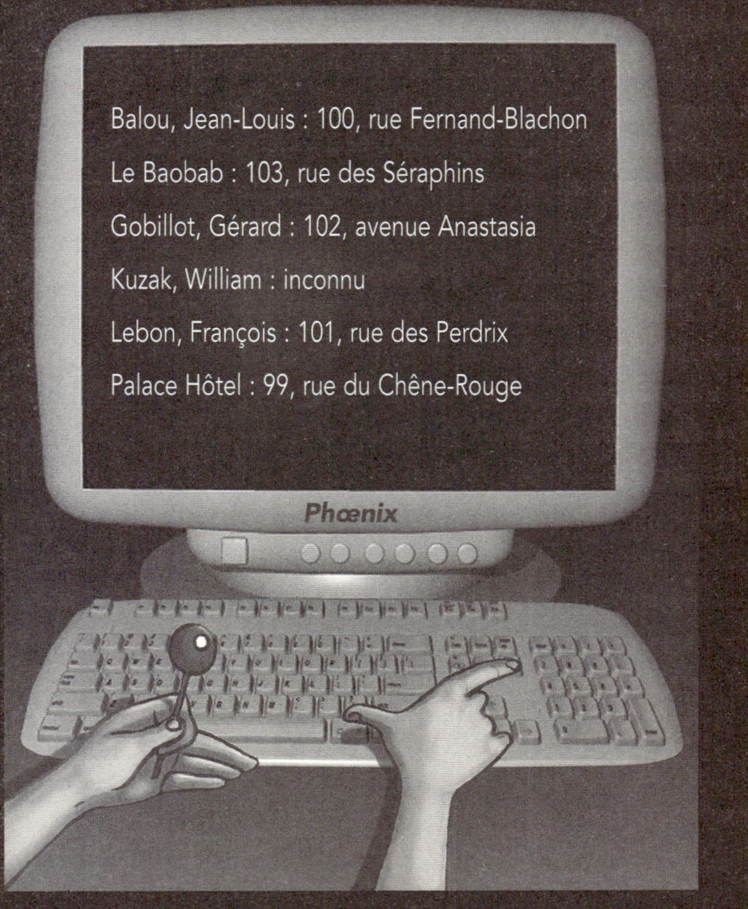

Samedi 18h47 : fatal récital

103

Une foule considérable est amassée devant les portes closes du Baobab. Le nom des Three Pops s'étale en énormes lettres néons rouges au fronton de l'édifice. À l'ouverture des portes, l'assistance s'engouffre en hurlant dans le hall d'entrée. Ces filles font plus de bruit qu'une escadrille de mouettes surexcitées. La soirée promet d'être chaude… — *Mimi, va au* **116**. *Éric, va au* **120**.

104

Tu n'imaginais pas qu'un chanteur devait se badigeonner à ce point avant d'entrer en scène ! Il y a assez de produits pour changer complètement de visage ! — *Ajoute le* **Nécessaire de Maquillage** *à ton inventaire. Si tu fouilles les vêtements de Kevin, va au* **136**. *Si tu l'as déjà fait, va au* **108**.

105

L'homme roux tend un index menaçant vers l'homme en noir.

« Vous ne m'impressionnez pas, Kuzak ! dit-il.

— Vous feriez bien de me manifester un peu de respect, petit cloporte, répond calmement le géant.

— Taisez-vous ! Vous n'avez pas tenu vos engagements ! J'exige réparation !

— Que voulez-vous que j'y fasse ? Cet imbécile de Jason a perdu son amulette pendant l'enlèvement de Mendes. Avec quelle voix voulez-vous qu'il chante ?

— Toute cette histoire va trop loin pour moi ! C'est de la sorcellerie !

— C'est vrai, vous avez raison. C'est ce que vous vouliez lorsque nous avons signé le contrat, non ? Pour vous, la fortune, pour moi…

— J'arrête, Kuzak ! Vous m'entendez, j'arrête !

— Vous ne pouvez pas rompre le contrat, Martin. Si vous n'êtes pas avec moi, vous êtes contre moi ! Je ne peux pas vous laisser partir ! »

— *Va au* **135**.

106

Tu jettes un œil prudent dans la ruelle. La voiture stationne à une dizaine de mètres et tu aperçois deux hommes qui discutent à proximité. L'un deux, appuyé contre le véhicule, mesure près de deux mètres et tire sur un fume-cigarette tandis que l'autre, un homme roux, parle en faisant de grands gestes nerveux. Pour les observer et entendre les paroles qu'ils échangent, il va falloir t'approcher. Tu remarques un amoncellement de poubelles derrière lequel tu pourrais te cacher. Tu aperçois également un renfoncement obscur dans le mur du Baobab.
— *Si tu te caches derrière une poubelle, va au* **113**. *Si tu choisis de progresser jusqu'au renfoncement pour te cacher dans l'ombre, va au* **117**.

107

Tu as déjà vu ce sale type quelque part, mais où ? Non, ce n'est pas possible… Mais si, c'est le géant qui a essayé de te faire la peau dans le bureau de Maliba Records ! — *Si tu observes l'homme roux, va au* **132**. *Si tu l'as déjà examiné, va au* **105**.

108

Soudain, un bruit inattendu te glace le sang : quelqu'un essaie de pénétrer dans la loge ! Si on te trouve ici, ton compte est bon ! Finalement, tu détestes ce boulot de cambrioleuse ! — *Si tu essaies de trouver une cachette, va au* **119**. *Si tu préfères prendre la fuite par la fenêtre, va au* **121**.

109

Ce visage te dit quelque chose… Bon sang, mais c'est Vincent Martin, le directeur de Maliba Records ! — *Si tu observes l'homme en noir, va au* **139**. *Si tu l'as déjà examiné, va au* **105**.

110

Quel monde là-dedans ! La salle dépourvue de fauteuils est comble ! La foule est en proie à une agitation sans bornes. Des fans s'évanouissent près de la scène cachée par un rideau de velours rouge. Au bout de quelques minutes, un gros homme suant vêtu d'un costume vert déboule sur la scène. Il porte un micro à sa bouche :

« Mesdames et messieurs, nous avons le regret de vous annoncer que Jason est souffrant et ne pourra pas se produire devant vous… »

Un concert de protestations, de sifflets et de cris désespérés retentit. L'homme reprend malgré le chahut :

« Un peu de silence s'il vous plaît… Ne voulant pas annuler le spectacle, Maliba Records et Le Baobab ont décidé que Kevin et Dylan joueraient pour vous ce soir… Veuillez accueillir : LES THREE POPS ! »

Les hurlements du public sont couverts par les premières mesures de « Jusqu'au bout de la vie » reproduites par une bande magnétique. Le rideau se lève sur Kevin et Dylan qui, aussitôt, se lancent dans une danse endiablée qui fait se pâmer toute l'assistance… sauf toi. Tu es bousculé par les fans en furie et tu es rapidement incapable de supporter plus longtemps les braillements des deux chanteurs. Il faut que tu sortes de là à tout prix ! Tant pis pour ta mission ! Tu remarques une issue de secours située tout près de toi. — *Si tu choisis la porte de secours, va au* **123**. *Si tu choisis de quitter cet enfer par la porte d'entrée, va au* **129**.

111

Dans la poche de pantalon de Dylan, tu découvres une pochette d'allumettes sur laquelle est inscrite l'adresse de Victor Mendes ! Dylan aurait-il quelque chose à voir avec l'enlèvement ? — *Ajoute la* ***Pochette d'allumettes*** *à ton inventaire. Si tu examines les produits de maquillage, va au* **115**. *Si tu quittes la pièce pour visiter la loge de Kevin, va au* **118**.

112

Les coulisses se vident subitement de tous leurs occupants. Kevin et Dylan prennent la direction de la scène puis tu entends une voix lointaine provenant de la salle.

« Mesdames et messieurs, nous avons le regret de vous annoncer que Jason est souffrant et ne pourra pas se produire devant vous… »

Un concert de protestations, de sifflets et de cris de désespoir retentit. La voix reprend malgré le chahut :

« Un peu de silence, s'il vous plaît… Ne voulant pas annuler le spectacle, Maliba Records et Le Baobab ont décidé que Kevin et Dylan joueraient pour vous

ce soir… Veuillez accueillir chaleureusement : LES THREE POPS ! »
Les hurlements du publics sont couverts par les premières mesures de « Jusqu'au bout de la vie ». Ah, si tu n'avais pas de mission à remplir. Hélas, le devoir t'appelle… — *Va au* **130**.

113

Tu progresses à quatre pattes dans la ruelle et tu t'accroupis derrière les poubelles. Quel odeur ! Bien malgré toi, tu fais basculer un couvercle de métal qui était posé en équilibre instable sur les ordures pestilentielles. L'objet produit un vacarme infernal en tombant sur le pavé. Après quelques secondes de silence, tu entends des pas s'approchant dans ta direction puis une voix qui te glace le sang :

« Petit fouineur ! Tu n'aurais pas dû mettre ton nez dans mes affaires ! Tu as commis une erreur fatale ! »
Une poigne d'acier te tire de ta cachette : devant toi se tient un homme immense vêtu de noir. Soudain, tu reçois un coup sur la tête et tu sombres dans l'inconscience… — *Va au* **250**.

114

C'est bizarre… Cette entrevue te laisse une drôle d'impression… Il y a quelque chose qui cloche ! Mais… c'est bien sûr ! Kevin et Dylan portaient tous les deux un pendentif en tous points semblables à celui que vous a donné Ricardo Mendes ! Ce minuscule détail qui ne t'avait pas sauté aux yeux constitue un lien direct avec l'agression dont a été victime le ténor ! — *Si tu parles à un des journalistes qui traînent dans les coulisses, va au* **134**. *Si tu préfères attendre le début du concert, va au* **112**.

115

En posant ses doigts couverts de fond de teint sur la tablette ou sont rangés les produits de maquillage, Dylan a laissé ses empreintes digitales. Tu t'empares d'un bout de papier et le presse contre les traces. Si le chanteur à quoi que ce soit à voir avec les « vols » de voix, cette pièce à conviction te permettra peut-être de le démasquer. — *Ajoute à ton inventaire les* ***Empreintes de Dylan****. Si tu fouilles ses vêtements, va au* **111**. *Si tu préfères quitter la pièce, va au* **130**.

116

Éric n'a pas l'air dans son assiette.

« Quand je pense que je vais être obligé d'écouter leurs chansons débiles en compagnie de filles hystériques ! peste ton partenaire. J'ai déjà donné !

— Ne soit pas si grincheux ! Certaines personnes paieraient un fortune pour assister à ce concert. Figure-toi que toutes les places ont été vendues dès le premier jour de location !

— Si je n'avais pas une mission à remplir, je n'hésiterais pas une seconde : je revendrais ma place dix fois son prix !

— Heureusement que nos chemins se séparent ici ! Je n'aurais pas pu te supporter plus longtemps ! »

Sur ces mots, tu te diriges vers l'entrée des invités d'honneur. — *Va au* **124**.

117

Tu progresses à quatre pattes dans la ruelle et tu parviens à te glisser furtivement dans le renfoncement. Apparemment, les deux hommes ne t'ont pas remarqué… — *Va au* **125**.

118

La loge de Kevin n'est presque pas meublée. Tu ne remarques qu'un portemanteau où sont suspendus des vêtements de ville. Un fauteuil a été installé face à un miroir sous lequel est fixée une tablette couverte d'accessoires de maquillage. Par une fenêtre ouverte sur le mur de gauche te parviennent les rumeurs de la ville. — *Si tu fouilles les vêtements de Kevin, va au* **136**. *Si tu examines les produits de maquillage, va au* **104**.

119

Cette pièce est presque vide ! Où espérais-tu te cacher ! La panique s'empare de toi lorsqu'un gigantesque vigile vêtu d'un costume sombre fait irruption dans la loge.

« Je te tiens, sale petite cambrioleuse ! » murmure l'homme avec un sourire de prédateur.

Tu es conduite *manu militari* dans un bureau du rez-de-chaussée. Quelques minutes plus tard, tu es confiée à la bonne garde de la police. Tes parents vont être ravis ! Ta mission a échoué… mais tes ennuis ne font que commencer ! — *Il ne te reste plus qu'à reprendre ton enquête au* **103**.

120

Mimi a l'air particulièrement surexcitée. Elle ne tient pas en place et un sourire idiot illumine son visage.

« Quand je pense que je vais pouvoir leur parler ! C'est vraiment une mission géniale !

— Bien sûr ! C'est pas toi qui va passer deux heures à te faire bousculer par ces filles hystériques. Quand je pense que je vais être obligé d'écouter ces chansons pour débiles ! Amuse-toi bien, lâcheuse ! » Sans dire un mot, Mimi fait volte-face et se dirige vers l'entrée des invités d'honneur. — *Va au* **128**.

121

Tu te précipites vers la fenêtre qui donne sur un escalier de secours extérieur. Une dizaine de mètres plus bas, tu aperçois une ruelle obscure. Mais… Horreur ! Une longue voiture noire y est garée ! Un homme vêtu de noir mesurant près de deux mètres est appuyé contre le véhicule et tire sur un fume-cigarettes. Face à lui se tient un homme roux dont le visage traduit une grande colère. Si tu descends, tu risques de te jeter dans la gueule du loup ! — *Si tu préfères chercher une cachette dans la loge, va au* **119**. *Si tu essaies de descendre par l'escalier de secours en profitant de la pénombre, va au* **127**.

122

« D'après le communiqué de presse, il est victime d'une extinction de voix... Comment connaître la réalité ? Ces stars sont extravagantes ! » — *Va au* **134**.

123

Tu t'engages dans la sortie de secours qui te mène à un petit couloir au bout duquel tu découvres une porte coupe-feu. Tu pousses la porte et te retrouves dans une ruelle. Dieu merci, tu es pour le moment à l'abri d'un renfoncement obscur. À cinq mètres de toi est garée la longue voiture noire que tu connais trop bien. Un homme vêtu de noir mesurant près de deux mètres est appuyé contre le véhicule et tire sur un fume-cigarettes. Face à lui se tient un homme roux dont le visage traduit une grande colère. — *Va au* **125**.

124

À l'entrée, une hôtesse élégamment vêtue vérifie ton ticket backstage puis tu gravis un escalier couvert d'un tapis rouge. Tu aboutis dans un couloir où déambulent une meute de journalistes armés de calepins et d'appareils photos. Soudain, une vision paradisiaque s'offre à tes yeux : Kevin et Dylan se tiennent devant toi, une coupe de champagne à la main. Il sont encore plus sexy qu'à la télé ! — *Si tu adresses la parole à Kevin et Dylan, va au* **131**. *Si tu préfères parler à un journaliste, va au* **134**.

125 • Tu as tout le temps de les dévisager...

125

Les deux hommes se fixent en silence, comme perdus dans leurs pensées. Tu as tout le temps de les dévisager attentivement. — *Si tu observes l'homme en noir, va au* **139**. *Si tu examines l'homme roux, va au* **132**.

126

« J'ai assisté il y a deux ans à leur premier concert. C'était lamentable ! Je n'ai jamais entendu personne chanter aussi faux ! Ça, on peut dire qu'ils ont fait des progrès fulgurants ! C'est un véritable miracle ! » — *Retourne au* **134**.

127

Tu progresses lentement dans l'escalier en essayant de ne pas faire résonner la structure métallique. Arrivée au bas des marches, tu aperçois un renfoncement dans le mur où tu te glisses furtivement… Tu peux à présent observer les deux hommes qui se trouvent à quelques mètres de toi… — *Va au* **125**.

128

Ça y est, ton pire cauchemar va se produire : dans quelques instants, tu va pénétrer dans la salle de concert pour quelques heures de torture musicale. Tandis que tu es perdu dans ces noires pensées, une longue voiture noire que tu connais trop bien passe lentement devant Le Baobab puis s'engage dans la ruelle située sur sa gauche. — *Si tu suis la voiture dans la ruelle, va au* **106**. *Si tu entres dans la salle de concert, va au* **110**.

129

La rue est à présent déserte. Il est hors de question que tu retournes au Baobab tant que ces nullards n'auront pas terminé leur lamentable récital ! N'oublie pas la mission qui t'a été confiée, Éric ! — *Il ne te reste plus qu'à t'engager dans la ruelle. Va au* **106**.

130

Te voilà seule dans les coulisses. Si tu veux savoir quelle est la relation entre les Three Pops, Maliba Records et les agressions, c'est le moment ou jamais de procéder à une petite perquisition… Dans le couloir s'ouvrent les portes des loges… Soudain, tu es alertée par des bruits de pas et te précipites dans la loge la plus proche, celle de Dylan… — *Va au* **133**.

131

Kevin et Dylan te sourient de toutes leurs dents. Tu prends ton souffle et balbuties quelques mots :

« B-b-bonjour… Ça va ? »

Dylan examine ton badge et t'adresse un clin d'œil enjôleur. Respire à fond, Mimi !

« Super ! Et toi, Charlotte, la pêche ?

— Ouais, sauf que je meurs d'impatience ! Au fait, j'ai pas vu Jason. Il est où ?

— Il est malade, le pauvre, répond Kevin. On va devoir se débrouiller à deux ! Pas trop déçue ?

— Vous rigolez ! Je suis au paradis !

— Bon, faut qu'on te laisse… Bon concert ! »

— *Va au* **114**.

132

La ruelle n'est pas bien éclairée. Tu plisses les yeux pour dévisager l'homme roux. — *Si tu possèdes la* **Clef de Martin**, *va au* **109**. *Sinon, ce personnage ne te dit rien du tout. Si tu observes l'homme en noir, va au* **139**. *Si tu préfères attendre de voir ce qui va se passer : Mimi, va au* **135**. *Éric, va au* **105**.

133

Tu pénètres dans la loge. Tu remarques un portemanteau où sont suspendus les vêtements de ville du chanteur. Comme dans toute loge digne de ce nom, un fauteuil a été installé face à un miroir sous lequel est fixée une tablette couverte d'accessoires de maquillage. — *Si tu fouilles les vêtements de Dylan, va au* **111**. *Si tu examines les produits de maquillage, va au* **115**.

134

Tu t'approches d'un homme aux traits tirés et aux doigts jaunis par le tabac qui erre dans les coulisses, un calepin à la main.

« Bonjour, monsieur.

— Bonjour, petite. Laisse-moi deviner… Tu es une fan du groupe, je me trompe ?

— Mmh, il y a un peu de ça… Vous connaissez bien les Three Pops ?

— Si c'est pour avoir leurs adresses, tu peux toujours courir ! Ils n'aiment pas être dérangés.

— Non, c'est pas ça ! Juste quelques questions, rien

135 • Tu entends un craquement sinistre...

de compromettant… » — *Si tu demandes au journaliste : « Où est Jason ? », va au* **122**. *« Comment les Three Pops ont-ils débuté ? », va au* **126**. *Si tu préfères parler à Kevin et Dylan, va au* **131**. *Sinon, va au* **112**.

135

Soudain, les yeux de l'homme en noir rougeoient comme des braises. Il place ses mains autour du cou de l'homme roux et serre, serre, serre… Tu entends un craquement sinistre, puis la victime s'effondre sur le sol. Sans lui adresser un regard, Kuzak remonte calmement dans sa voiture et quitte le lieu de l'agression… Tu bondis de ta cachette et t'agenouilles près de l'homme inanimé pour lui porter secours. — *Mimi, va au* **140**. *Éric, va au* **142**.

136

Dans le blouson de cuir de Dylan, tu découvres une clef portant l'inscription « Palace Hôtel ». — *Ajoute la* ***Clef de Kevin*** *à ton inventaire. Si tu examines les produits de maquillage, va au* **104**. *Si tu l'as déjà fait , va au* **108**.

137

Des mains vigoureuses vous plaquent contre le pavé puis vous entendez le cliquetis caractéristique de menottes que l'on passe autour de vos poignets.

« Police ! tonne une voix. Vous êtes en état d'arrestation. Tout ce que vous direz pourra être retenu contre vous devant un tribunal ! »

Vous êtes brutalement remis sur vos pieds. Les policiers

se plantent devant vous en souriant comme des hyènes. — *Si c'est la première fois que tu lis un* WEEK-END D'ENFER, *va au* **138**. *Sinon, va au* **141**.

138

« Je suis l'inspecteur Bonnard, dit le plus gras des deux hommes.

— Et moi, j'suis l'inspecteur Lajouvencelle.

— Nous faisons partie du BANC, le Bureau des Affaires Non Classées de la police, poursuit Bonnard.

— Vous êtes arrêtés pour le meurtre de… du type, là… le rouquin couché par terre… » ajoute Lajouvencelle. — *Va au* **143**.

139

Tu fixes l'homme en noir. Il fait sombre, c'est pas évident… — *Si tu possèdes le* ***Bout de tissu noir****, va au* **107**. *Sinon, ce personnage ne te dit rien du tout. Si tu observes l'homme roux, va au* **132**. *Si tu préfères attendre de voir ce qui va se passer : Mimi, va au* **135**. *Éric, va au* **105**.

140

Hélas, tu ne peux plus rien faire pour la victime. Un meurtre ! Dans quelle affaire as-tu mis les pieds ? Soudain, tu entends un bruit de pas derrière toi. Tu fais volte-face et aperçois Éric qui avance tranquillement dans ta direction.

« Il est mort ? te demande-t-il.

— Nous ne pouvons plus rien pour lui… Tu as vu ce qui s'est passé ?

138 • Les inspecteurs Bonnard et Lajouvencelle

— Oui, j'étais caché dans l'ombre. J'ai entendu leur discussion… Mmh, c'était assez confus. La victime, qui s'appelle Martin, était très en colère contre son assassin, un dénommé Kuzak. Il voulait rompre un contrat, ou quelque chose dans ce genre… Kuzak a dit que ce n'était pas sa faute, que Jason avait perdu une amulette pendant l'enlèvement de Mendes et que c'est ça qui l'empêchait de participer au spectacle ! Il a même ajouté : “ Avec quelle voix pourrait-il chanter ? ” Tu crois qu'il parlait de l'amulette que nous a donnée Mendes ? Ce serait de la sorcellerie ! Et toi qu'est-ce que tu as trouvé ? »

Alors que tu fais part de tes nouvelles découvertes à Éric, deux hommes vêtus d'imperméables font irruption en courant dans la ruelle.

« Cours, Mimi, cours ! » hurle Éric.

Vous détalez aussi vite que possible pour échapper aux deux hommes mystérieux. Hélas, ils vous rattrapent avec facilité… — *Va au* **137**.

141

Tiens, mais voilà de vieilles connaissances : les inspecteurs Bonnard et Lajouvencelle, les deux enquêteurs du BANC, le Bureau des Affaires Non Classées de la police ! Décidément, ils sont toujours dans vos pattes ces deux-là !

« Tiens… Comme on se retrouve ! dit le gros Bonnard en mâchonnant nerveusement un cure-dent.

— Mais c'est les petits fouineurs du Phœnix !

poursuit Lajouvencelle. On se lance dans l'assassinat, maintenant ? » — *Va au* **143**.

142

Hélas, tu ne peux plus rien faire pour la victime. Un meurtre ! Dans quelle affaire as-tu mis les pieds ? Soudain, tu entends un bruit de pas derrière toi. Tu fais volte-face et aperçois Mimi qui avance tranquillement dans ta direction.

« Il est mort ? te demande-t-elle.

— Hélas, nous ne pouvons plus rien pour lui… Tu as vu ce qui s'est passé ?

— Oui, j'étais cachée dans l'ombre. Malheureusement, je n'ai pas entendu un mot.

— Je t'expliquerai, plus tard… Mais toi, qu'as-tu découvert ?

— Figure-toi que j'ai la preuve que Dylan est mêlé à au moins un enlèvement. J'ai trouvé l'adresse de Mendes dans l'une de ses poches ! J'ai également remarqué que Kevin et Dylan portaient une amulette semblable à celle que Mendes nous a remise. Pour finir j'ai découvert que les membres du groupe habitent actuellement au Palace Hôtel ! »

Soudain, deux hommes vêtus d'imperméables font irruption en courant dans la ruelle.

« Cours, Éric, cours ! » hurle Mimi.

Vous courez aussi vite que vous le pouvez pour échapper aux deux hommes mystérieux. Hélas, ils vous rattrapent avec facilité… — *Va au* **137**.

Dimanche 0h41 : les geôles du BANC

143

Tandis que vous protestez vigoureusement, les deux policiers vous traînent vers leur voiture puis vous jettent sans ménagement sur la banquette arrière. Quelques minutes plus tard, vous pénétrez dans le commissariat. — *Mimi, va au* **150**. *Éric, va au* **153**.

144

Comment le savez-vous ?

« Mimi possède une preuve. Elle a trouvé l'adresse de Victor Mendes dans la poche de Dylan.

— Et où habitent les membres du groupe ?

— Au Palace Hôtel !

— Excusez-moi… Je dois parler à Bonnard. Tenez-vous tranquille en mon absence, compris ? »

Lajouvencelle quitte la pièce et tu te retrouves seul dans le box. Tiens, cet idiot a laissé tous ses documents sur la table ! — *Si tu examines les documents de Lajouvencelle, va au* **158**. *Si tu essaies de t'évader du commissariat, va au* **162**.

145

« Mais vous pédalez vraiment dans la semoule, mademoiselle ! tempête Bonnard. Je crois que j'ai assez perdu de temps avec vous ! » — *Va au* **154**.

146

« Vous ne savez pas ? On peut dire que vous m'avez bien mené en bateau ! J'ai perdu assez de temps avec vous ! » — *Va au* **154**.

147

« Vous dites vraiment n'importe quoi, tempête Lajouvencelle. Selon le médecin légiste, c'est le nom de la victime ! J'ai suffisamment entendu de sottises et de mensonges pour aujourd'hui ! Vous aurez tout le temps de méditer votre crime… au cachot ! »
— *Va au* **154**.

148

« Ces empreintes sont celles de Dylan. Je les ai prélevées dans sa loge. Je suis prête à parier que vous trouverez les mêmes sur la pochette d'allumettes !

— Mmh… J'avoue que je commence à prendre votre histoire au sérieux. Nous devrions peut-être rendre une petite visite aux Three Pops. Au fait, savez-vous où nous pourrions les trouver ? »
— *Choisis l'indice que tu souhaites montrer à Bonnard et vérifie qu'il figure bien dans ton inventaire : la* ***Clef de Kevin****, va au* **165** *; le* ***Ticket Backstage****, va au* **169** *; l'****Amulette****, va au* **151**. *Si tu ne possèdes aucun de ces objets, va au* **155**.

149

Tu frémis en lisant le titre reproduit à l'or fin sur la couverture du livre : *Histoire de la sorcellerie.* En observant la tranche supérieure du volume, tu remarques qu'un marque-page y a été inséré. Tu lis le passage correspondant :

« *On retrouve la trace d'un William (ou Willem) Kuzak un peu partout en Europe. Un dénommé Kuzak fut accusé d'avoir apporté la peste en France au* XIe *siècle. Un homme portant le même nom a été chassé de la cour d'Espagne au* XVIe *siècle après avoir été soupçonné d'empoisonnement. En Angleterre, un prisonnier homonyme parvint à s'échapper de la tour de Londres en 1702, après avoir été condamné à mort pour sacrifices humains. En Pologne, une vieille berceuse parle du " Kuzak aux longues dents friand d'enfants désobéissants ". On peut s'étonner que ce légendaire personnage immortel soit présent dans autant de cultures à des époques aussi éloignées. Voilà encore un exemple des superstitions absurdes de l'Europe ancienne.* »

Ainsi, Bonnard et Lajouvencelle étaient eux-mêmes sur la piste de Kuzak ! Tu reposes le livre sur le bureau. — *Si tu lis le dossier, va au* **152**. *Si tu l'as déjà parcouru, va au* **166**.

150

Bonnard t'arrache à ton partenaire du Phœnix et te conduit dans un box d'interrogatoire. Il te fait asseoir sur une chaise de bois puis il pose des documents sur un petit bureau situé en face de toi. Tout en regardant par la fenêtre munie de barreaux, il s'adresse à toi mécaniquement.

« Je m'apprête à vous inculper pour le meurtre de

l'homme retrouvé dans la ruelle. Vous avez cinq minutes pour me faire changer d'avis.

— Mais j'ai trouvé des indices prouvant la culpabilité de Dylan du groupe Three Pops !

— Ah oui ? Et de quoi s'agit-il ? »

— *Choisis l'indice que tu souhaites montrer à Bonnard et vérifie qu'il figure bien dans ton inventaire : la* ***Pochette d'Allumettes****, va au* **156** *; la* ***Clef de Kevin****, va au* **160** *; les* ***Empreintes de Dylan****, va au* **164**. *Si tu ne possèdes aucun de ces objets, va au* **155**.

151

« Mais qu'est-ce que vous me racontez ? Ça n'a aucun rapport ! Je crois que j'ai perdu assez de temps avec vous ! » — *Va au* **154**.

152

La chemise contient des documents rédigés en style télégraphique. Malgré ta précipitation, quelques éléments retiennent ton attention.

« William Kuzak. Date et lieu de naissance : inconnus. Nationalité : inconnue. Adresse : inconnue. Condamnations : néant. […] Malgré les soupçons de meurtres, enlèvements et escroqueries qui pèsent sur sa personne, aucune preuve formelle n'a jamais été réunie contre lui. […] Aucun policier ne l'a jamais vu en personne. Son existence n'est attestée que par des témoins (victimes ayant survécu et complices). […] Sa cruauté et sa cupidité seraient sans limites. […] Selon plusieurs informateurs, William Kuzak serait un pseudonyme

utilisé par un groupe de plusieurs malfaiteurs. »

— Si tu lis le livre, va au **149**. *Si tu l'as déjà parcouru, va au* **166**.

153

Lajouvencelle t'arrache à ton partenaire du Phœnix et te conduit dans un box d'interrogatoire. Il te fait asseoir sur une chaise de bois puis il pose des documents sur un petit bureau situé en face de toi. Tout en regardant par la fenêtre munie de barreaux, il s'adresse à toi mécaniquement.

« Je m'apprête à vous inculper pour le meurtre de l'homme retrouvé dans la ruelle. Vous avez cinq minutes pour me faire changer d'avis.

— Je suis innocent, hurles-tu, et je connais le véritable coupable !

— Ah ouais, et c'est qui selon toi ? » demande Lajouvencelle en ricanant.

— Si tu réponds : Kuzak, va au **168** *; Martin, va au* **147** *; Jason, va au* **167**.

154

Le visage de l'inspecteur traduit une profonde colère ! Il t'arrache de ta chaise et te conduit d'une main vigoureuse jusqu'aux cellules du sous-sol. Lorsque la porte du cachot se referme sur toi, tu comprends que ta mission est achevée… et que tes ennuis ne font que commencer ! — *Mimi, reprends ton enquête au* **130**. *Éric, reprends ton aventure au* **143**.

155

« Vous vous moquez de moi, c'est ça ? J'ai suffisamment perdu de temps ! » — *Va au* **154**.

156

« Sur cette pochette d'allumettes figure l'adresse de Victor Mendes. Ce dernier a subi récemment une tentative d'enlèvement…

— … et il a perdu sa voix. Je sais, nous enquêtons sur les mêmes faits. Comment être certain que cet objet n'a pas été placé dans les poches de Dylan pour le discréditer ? »

— *Choisis l'indice que tu souhaites montrer à Bonnard et vérifie qu'il figure bien dans ton inventaire : la* ***Clef de Kevin****, va au* **145** *; les* ***Empreintes de Dylan****, va au* **148** *; l'****Amulette****, va au* **151**. *Si tu ne possèdes aucun de ces objets, va au* **155**.

157

« Exact. C'est ce que nous a signalé le médecin légiste. Selon vous, est-ce que Kuzak a bénéficié de complicités ? »

— *Si tu parles : de Mouchette, va au* **159** *; des Three Pops, va au* **144**. *Si tu réponds « Je ne sais pas », va au* **146**.

158

Tu remarques un épais dossier sur la couverture duquel figure un énorme tampon « Top secret ». À l'autre extrémité du bureau est posé un livre à la reliure de cuir craquelée et poussiéreuse. Sur la tranche, tu distingues le sigle de la bibliothèque historique de la ville. — *Si tu consultes le livre, va au* **149**. *Si tu préfères éplucher le dossier, va au* **152**.

159

« Vous dites vraiment n'importe quoi ! Mouchette est à l'hôpital depuis hier soir ! J'ai assez perdu de temps avec vous ! » — *Va au* **154**.

160

« Et alors, qu'est-ce que ça prouve ? Bon, j'en ai suffisamment entendu. Je vais vous envoyer réfléchir au cachot ! » — *Va au* **154**.

161

« Ah, oui ? Et vous avez des preuves ?

— Euh, c'est-à-dire que…

— Vous essayez de m'embrouiller, mon petit Brian ! Je crois que j'ai assez perdu de temps avec vous ! »

— *Va au* **154**.

162

Aussitôt la porte refermée, tu te précipites vers la fenêtre. Tu examines les barreaux d'acier et réalises que tu n'as aucune chance d'en venir à bout sans outils. Soudain, Bonnard et Lajouvencelle font irruption dans la pièce.

« Et bien, c'est du joli ! hurle le plus gros des inspecteurs. Et nous qui étions prêts à vous faire confiance ! Allez, hop, au cachot ! »

— *Va au* **154**.

163

Tu retrouves Mimi dans les couloirs du commissariat. Vous suivez les deux inspecteurs jusqu'au parking des voitures banalisées et prenez place à bord du véhicule de Bonnard et Lajouvencelle. En route vers le Palace Hôtel ! — *Va au* **171**.

164

« Et alors, depuis quand est-il criminel de se maquiller ? J'ai suffisamment entendu de sottises et de mensonges pour aujourd'hui ! Vous aurez tout le temps de méditer votre crime… au cachot ! »
— *Va au* **154**.

165

« Ils habitent au Palace Hôtel ! clames-tu triomphalement.

— Excusez-moi… Je dois parler à Lajouvencelle. Tenez-vous tranquille en mon absence, c'est bien compris ? »

Bonnard quitte la pièce et tu te retrouves seule dans le box. Tiens, cet idiot a laissé tous ses documents sur la table ! — *Si tu examines les documents de Bonnard, va au* **158**. *Si tu essaies de t'évader du commissariat, va au* **162**.

166

Soudain, Bonnard et Lajouvencelle font irruption dans la pièce en arborant un large sourire.

« C'est bon, vous et votre partenaire nous avez

convaincus ! Vous allez nous accompagner au Palace Hôtel. Nous avons quelques questions à poser aux membre des Three Pops… En route ! »

— *Mimi, va au* **170**. *Éric, va au* **163**.

167

« Ah, oui ? Et vous avez des preuves ?

— Euh, c'est-à-dire que…

— Vous essayez de m'embrouiller, mon petit Brian ! Je crois que j'ai assez perdu de temps avec vous ! »

— *Va au* **154**.

168

« Son nom est Kuzak ! annonces-tu.

— Ah tiens… Nous avons déjà entendu parler de cet étrange personnage… Et la victime, vous connaissez son identité ? »

— *Si tu réponds : Jason, va au* **167** *; Martin, va au* **157** *; Mendes, va au* **161**.

169

« Vous dites vraiment n'importe quoi ! Le concert est fini depuis des heures et il n'y a plus personne au Baobab. J'ai assez perdu de temps avec vous ! »

— *Va au* **154**.

170

Tu retrouves Éric dans les couloirs du commissariat. Vous suivez les deux inspecteurs jusqu'au parking des voitures banalisées et prenez place à bord du véhicule de Bonnard et Lajouvencelle. En route vers le Palace Hôtel ! — *Va au* **171**.

Dimanche 4h02 : angoisse au palace

171

Bonnard conduit vraiment comme un dingue ! Après une course folle dans les rues de la ville, durant laquelle vous avez failli écraser quatre piétons, percuter plusieurs feux tricolores et une benne à ordures, il stoppe la voiture devant le Palace Hôtel. Surpris d'avoir survécu à ce rallye infernal, vous emboîtez le pas des deux inspecteurs et gravissez les marches menant à l'établissement. Lajouvencelle bouscule le groom posté à l'entrée puis Bonnard se précipite vers le guichet pour interroger l'employé de garde.

« Dans quelle chambre les Three Pops sont-ils logés ? lui demande-t-il.

— Mais monsieur, savez-vous l'heure qu'il est ?

— Je suis de la police, rétorque-t-il en brandissant sa carte du BANC.

— Bien, bien, ne vous énervez pas. Chambre 402.

— Ils sont rentrés se coucher, les gugusses ?

— Non, pas encore.

— La voie est libre ! dit-il joyeusement en se tournant vers vous. Prenez l'ascenseur : nous, on passe par l'escalier ! » — *Mimi, va au* **176**. *Éric, va au* **179**.

172

Tu allumes ta lampe torche et retiens un cri d'horreur. Ce fond qui te semblait mou… c'est Jason lui-même ! Il est couché au fond de la malle, les yeux grands ouverts ! Sa peau est froide ! Il a tout l'air d'être mort ! Et si c'était encore un des sortilèges de Kuzak ? Et si le chanteur avait été « rangé » là en attendant de retrouver son amulette ? — *Si tu utilises l'amulette sur Jason, va au* **174**. *Si tu préfères continuer à explorer l'intérieur de la malle, va au* **177**.

173

Terrifiés, vous quittez la chambre et empruntez l'escalier de service pour rejoindre le hall de l'hôtel. Au moment où vous vous apprêtez à sortir du bâtiment, la sirène d'incendie se déclenche. Vous avez une dernière pensée émue pour les deux policiers que vous n'êtes pas parvenus à sauver. Vous retournez chercher vos scooters garés devant Le Baobab et rejoignez le garage de la rue Lesuaire, la mort dans l'âme…

— *Va au* **194**.

174

Tu poses l'amulette sur la poitrine de Jason. Aussitôt, sa peau se colore et ses yeux s'animent. Il te fixe d'un air absent, comme s'il n'était pas étonné de se trouver dans cette malle en ta compagnie !

« Bonjour, je m'appelle Jason et je suis célibataire, te dit-il d'une voix mécanique. J'ai une pêche d'enfer et toi ?

172 • Jason est couché au fond de la malle...

— Chut ! ordonnes-tu. Le grand méchant est dehors ! Il va nous entendre !

— Bonjour, je m'appelle Jason et je suis célibataire, récite-t-il à nouveau. J'ai une pêche d'enfer et toi ? » Quelle horreur ! Jason est un zombie ! Une marionnette contrôlée par Kuzak ! Soudain, un rire diabolique retentit dans le salon. Le couvercle de la malle se soulève puis tu reçois un coup extrêmement violent sur le crâne. Tu sombres dans l'inconscience… — *Mimi, va au* **245**. *Éric, va au* **250**.

175

Tu ouvres le couvercle de la malle et passe l'amulette autour du cou de Jason. Aussitôt, sa peau se colore et ses yeux s'animent. Il te fixe d'un air absent, comme s'il n'était pas étonné de se trouver dans cette malle !

« Bonjour, je m'appelle Jason et je suis célibataire, te dit-il d'une voix mécanique. J'ai une pêche d'enfer et toi ?

— Ça alors ! Il est en vie ! Qu'est-ce qui s'est passé Jason ? C'est Kuzak qui t'as enfermé là ?

— Bonjour, je m'appelle Jason et je suis célibataire, récite-t-il à nouveau. J'ai une pêche d'enfer et toi ? » Il retombe inanimé. Quelle horreur ! Jason est un zombie ! Une marionnette contrôlée par Kuzak ! — *Si tu souhaites lire le livre laissé sur le sofa, va au* **184**. *Si tu examines la mallette, va au* **182**. *Si tu as déjà effectué tous ces choix, rends-toi au* **188**.

175 • Il te fixe d'un air absent...

176

Tu appuies sur le bouton d'appel de l'ascenseur. Il en met un temps ! Soudain, ton téléphone sonne.

« Allô ?

— C'est Fred. Vous en êtes où, les enfants ? Je suis passé au garage et vous n'étiez pas là. Je commençais à m'inquiéter !

— Nous sommes au Palace Hôtel. On a eu des petits ennuis avec la police mais tout est réglé.

— Passez au garage dès que vous aurez terminé. Il faut qu'on fasse le point. Ah, au fait : tu as fini première de ta compétition de gym cet après-midi ! Quel talent, Mimi. Allez, bonne chance ! »

Voilà l'ascenseur, enfin ! Vous montez à bord et rejoignez le quatrième étage de l'hôtel. — *Va au* **181**.

177

Malgré le dégoût que t'inspire le cadavre de Jason, tu balaies les parois de la malle avec ta lampe torche. Tu découvres une étiquette jaunie sur laquelle est inscrit :

« Cette malle appartient à **Kemal Wilzuk**. »

L'adresse qui suit est malheureusement illisible.

— *Ajoute l'**Étiquette de la Malle** à ton inventaire. Si tu utilises l'Amulette sur Jason, va au* **174**. *Si tu te contentes d'attendre que Kuzak sorte de la pièce, va au* **180**.

178

Tu sors de la malle et t'approches d'Éric, pelotonné sous le sofa. Le pauvre garçon fait peur à voir : blanc comme un linge, il tremble comme s'il avait vu le diable en personne.

« Tu te rends compte ! parvient-il à articuler. Il était assis au-dessus sur moi ! Quelle peur !

— Remets-toi, Éric. Je crois que nous ne sommes pas au bout de nos peines. »

— *Si tu parcours le livre laissé par Kuzak sur le sofa, va au* **184**. *Si tu examines la mallette posée sur le bureau, va au* **182**. *Si tu testes les pouvoirs de ton amulette sur le pauvre Jason toujours prisonnier de la malle, va au* **175**.

179

Tu appuies sur le bouton d'appel de l'ascenseur. Il en met un temps ! Soudain, ton téléphone sonne.

« Allô ?

— C'est Fred. Vous en êtes où, les enfants ? Je suis passé au garage et vous n'étiez pas là. Je commençais à m'inquiéter !

— Nous sommes au Palace Hôtel. On a eu des petits ennuis avec les inspecteurs Bonnard et Lajouvencelle, du BANC, mais tout est réglé.

— Passez au garage dès que vous en aurez terminé avec votre petite perquisition. Il faut qu'on fasse le point. Ah, au fait : ta rédaction est déjà terminée. Tu travailles vraiment rapidement, Éric. Quel talent ! Ah, ah, ah ! Allez, bonne chance ! »

Voilà l'ascenseur, enfin ! Vous montez dedans et rejoignez le quatrième étage de l'hôtel. — *Va au* **181**.

180

Après quelques minutes interminables, Kuzak pousse un long soupir puis pose son livre sur le sofa. Il s'étire longuement en bâillant, se lève puis quitte la pièce. Pauvres Bonnard et Lajouvencelle ! Si ce monstre les trouve, leur compte est bon ! En tout cas, pour toi la voie est libre ! Tu sors de ta cachette… — *Mimi, va au* **178**. *Éric, va au* **193**.

181

Vous progressez prudemment dans le couloir menant à la chambre 402. Devant la porte, vous retrouvez Bonnard et Lajouvencelle.

« Chuuut ! fait Lajouvencelle.

— Il faut être prudent ! » ajoute Bonnard à voix basse en posant un index sur ses lèvres.

Une peur confuse s'empare de vous et vous respirez profondément pour ne pas céder à la panique.

« Prêts ? demande Bonnard.

— Mouais, répondez-vous sans conviction.

— J'ai étudié le plan de la chambre. Dès que la porte sera ouverte, Lajouvencelle et moi rentrons dans la suite et empruntons la porte de gauche vers la chambre à coucher. Vous, vous prenez à droite vers le salon, O.K. ?

— D'accord, réponds-tu en réprimant un frisson.

— On y va ! » dit Lajouvencelle tout en introduisant son passe-partout dans la serrure.

La porte s'ouvre et les deux hommes s'engouffrent

181 • « On y va ! » dit Lajouvencelle.

dans la suite obscure avant de disparaître sur la gauche. Vous entrez à votre tour et vous vous retrouvez dans un couloir particulièrement sombre. Vous allumez vos lampes de poche et ouvrez la porte située à droite. — *Va au* **183**.

182

Dans la mallette, tu découvres de nombreuses notes manuscrites. L'écriture de Kuzak est difficile à déchiffrer mais tu parviens à saisir quelques extraits : *« Problèmes avec police / BANC [...] fin expérience Three Pops prochaine [...] nouveau groupe de trois filles [...] nom à trouver [...] chercher voix féminines [...] Enlèvement victimes pour prélèvement vocal : Laurence Legrand, soprano ; Lucie Florette, soprano ; Évelyne Letailleur, professeur de chant... [...] Letailleur a vu mon visage : impossible de la relâcher. »* Letailleur ? Non, pas ça ! Pas elle ! Cette ordure de Kuzak a enlevé votre prof préférée ! — *Ajoute les* **Notes de Kuzak** *à ton inventaire. Si tu souhaites parcourir le livre laissé par Kuzak sur le sofa, va au* **184**. *Si tu préfères tester ton amulette sur le pauvre Jason toujours prisonnier de la malle, va au* **175**. *Si tu as déjà effectué tous ces choix, va au* **188**.

183

Craignant d'allumer, vous êtes contraints d'observer la pièce où vous vous trouvez à la lumière de vos lampes torches. Vous distinguez un sofa ancien et luxueux, un petit bureau d'acajou et une énorme malle de voyage si démodée qu'on la croirait tout droit sortie d'un roman de Jules Verne. Soudain, vous entendez le bruit d'une clef glissée dans la serrure de la porte d'entrée. Horrifiés à l'idée d'être surpris ici par l'abominable Kuzak, vous cherchez à la hâte une cachette… — *Si tu te glisses rapidement sous le sofa, va au* **185**. *Si tu te caches dans la malle, va au* **187**. *Si tu préfères éteindre ta lampe et rester à découvert pour surprendre d'éventuels visiteurs, va au* **189**.

184

Tu ouvres le grimoire. À ta grande déception, il est écrit dans un alphabet qui t'est totalement inconnu. — *Ajoute le* ***Grimoire de Kuzak*** *à ton inventaire. Si tu souhaites examiner la mallette posée sur le bureau, va au* **182**. *Si tu préfères tester ton amulette sur le pauvre Jason toujours prisonnier de la malle, va au* **175**. *Si tu as déjà effectué tous ces choix, va au* **188**.

185

Dans la panique qui s'ensuit, la larve qui te sert de collaborateur ouvre la malle, se précipite à l'intérieur puis referme le couvercle. Quant à toi, tu te dissimules tant bien que mal sous le sofa et éteins ta lampe de poche. La porte s'ouvre puis la lumière d'un lustre illumine le salon. Un homme dont tu n'aperçois que les chaussures de cuir noir et le bas du

186 • De sa bouche jaillit une tempête de flammes !

pantalon se déplace dans la pièce. Il s'attarde près du bureau puis se dirige vers la malle. Aïe, aïe, aïe ! Si jamais il soulève le couvercle, tu risques de finir ta mission en solitaire ! Ouf ! L'homme fait demi-tour et se dirige… vers toi ! Les pieds s'arrêtent à quelques centimètres de ton visage. Mais… que fait-il ? Il se baisse ! Soudain, tu te retrouves nez à nez avec William Kuzak qui te sourit de toutes ses dents. Tandis que tu hurles de terreur, il éclate d'un rire diabolique qui te fait dresser les cheveux sur la tête ! Il te saisit à la gorge puis tu sombres dans l'inconscience… — *Mimi, va au* **245**. *Éric, va au* **250**.

186

Vous traversez le couloir à toutes jambes et pénétrez dans la pièce d'où proviennent les cris. La vision qui s'offre à toi te glace de terreur : Kuzak lévite à un mètre du sol. Ses yeux sont révulsés et il tournoie sur lui-même comme un derviche. De sa bouche jaillit une tempête de flammes qui embrase tout ce qu'elle touche, rideaux, meubles et… inspecteurs ! Au fond de la pièce, près de la fenêtre, Bonnard et Lajouvencelle essaient vainement de se protéger de cette attaque, mais des flammèches lèchent déjà leurs vêtements ! Si vous ne les défendez pas, ils sont perdus !
— *Si tu utilises ton* ***Tazer****, va au* **190**. *Si tu asperges Kuzak de* ***Bombe au Poivre****, va au* **192**. *Si tu préfères prendre la fuite, va au* **173**.

187

Dans la panique qui s'ensuit, la larve qui te sert de collaborateur se précipite sous le sofa et éteint sa lampe torche. Quant à toi, tu te glisses à l'intérieur de la malle et refermes le couvercle. C'est bizarre… Le fond de la malle est étrangement mou… Par un interstice, tu aperçois William Kuzak qui pénètre dans la pièce, une mallette à la main. Après avoir allumé la lumière, il la pose sur le bureau, l'ouvre et en sort un énorme livre à l'aspect extrêmement ancien. Il s'assied dans le sofa et se plonge dans le grimoire… Te voilà dans une situation particulièrement inconfortable. — *Si tu décides de sortir de ta cachette, va au* **191**. *Si tu préfères allumer ta lampe torche pour observer l'intérieur de la malle, va au* **172**.

188

Soudain, un cri abominable vous parvient depuis la pièce où sont censés se trouver les deux policiers qui vous accompagnaient. Des coups de feu retentissent puis tu reconnais la voix implorante de Bonnard :

« Par pitié, Kuzak, nooon ! »

— *Si tu te précipites à leur secours, va au* **186**. *Si tu préfères rester où tu te trouves et éteindre la lumière pour ne pas attirer l'attention, va au* **189**.

189

La porte s'entrouvre… Un main gantée se glisse dans l'interstice et actionne l'interrupteur de la lumière. Aussitôt, le lustre de cristal qui se trouve au-dessus de

187 • Kuzak se plonge dans le grimoire.

vos têtes illumine le salon. Vous voilà dans une fâcheuse situation. La porte s'ouvre en grand et William Kuzak pénètre dans la pièce. Tandis que vous hurlez de terreur, il éclate d'un rire diabolique qui vous fait dresser les cheveux sur la tête. Il se dirige vers vous puis vous saisit à la gorge. Vous sombrez dans l'inconscience… — *Mimi, va au* **245**. *Éric, va au* **250**.

190

Tu vises Kuzak et appuies sur la détente de ton Tazer. Les câbles se déploient en un éclair et les contacteurs frappent votre ennemi à la cuisse. Il pousse un hurlement de bête et vacille légèrement, mais il crache toujours plus de flammes. La chaleur devient si vive que vous êtes contraints de battre en retraite. — *Va au* **173**.

191

Vaincu par la claustrophobie, tu soulèves le couvercle et t'extirpes de la malle. Kuzak pose son livre sur le sofa, se lève et se dirige vers toi en éclatant d'un rire diabolique. Il te saisit à la gorge. Tu ressens une violente douleur puis tu sombres dans l'inconscience… — *Mimi, va au* **245**. *Éric, va au* **250**.

192

Tu diriges ta bombe au poivre en direction de ton ennemi et appuies sur le bouton du pulvérisateur. Les gaz de propulsion s'enflamment aussitôt au contact de la tempête de feu, et ton arme explose comme une bombe d'une puissance dévastatrice. Aucune des personnes présentes dans la salle ne survit à la déflagration : ni Kuzak, ni Bonnard, ni Lajouvencelle… ni les deux agents du Phœnix ! Quel bel esprit de sacrifice ! — *Dorénavant, tu sauras qu'il ne faut jamais utiliser une bombe sous pression en direction d'une flamme ! Jamais ! Tu peux reprendre ton enquête au* **188**.

193

Tu sors de la malle et t'approches de Mimi, pelotonnée sous le sofa. La pauvre fille fait peur à voir : blanche comme un linge, elle tremble comme si elle avait vu le diable en personne.

« Tu te rends compte ! parvient-elle à articuler. Il était assis au-dessus de moi ! Quelle peur !

— Remets-toi, Mimi. Je crois que nous ne sommes pas au bout de nos peines. »

— *Si tu parcours le livre laissé par Kuzak sur le sofa, va au* **184**. *Si tu examines la mallette posée sur le bureau, va au* **182**. *Si tu testes les pouvoirs de ton amulette sur le pauvre Jason toujours prisonnier de la malle, va au* **175**.

Dimanche 6h39 : coup de fatigue

194

Vous descendez la rampe du garage et pénétrez dans votre local secret. Avachi sur la table de conférence, Fred ronfle comme un bienheureux. Le veinard ! Au train où vont les choses, vous n'êtes pas prêts d'aller vous coucher à votre tour ! Vous lui secouez doucement le bras et votre contact se redresse en bâillant avant d'ouvrir des yeux rougis par la fatigue.

« Tiens ? dit-il l'air un peu absent. Vous voilà…

— Et bien, tu ne te gênes pas ! protestes-tu. On risque notre vie et toi tu t'offres une petite sieste !

— Je ne sais ce qui m'est arrivé. Je suis tombé comme une masse. Alors, comment ça s'est passé ?

— Nous avons découvert que Jason était un mort vivant manipulé par Kuzak grâce aux pouvoirs de son amulette. Il y a fort à parier que Kevin et Dylan sont dans le même cas ! En plus, notre ennemi s'apprête à lancer un nouveau groupe, de filles cette fois, et il a enlevé Mlle Letailleur pour lui dérober sa voix ! Un événement a dû se produire car il a décidé de ne pas la relâcher. Hélas, nous ignorons où elle est retenue prisonnière… Kuzak a décidé d'interrompre le projet Three Pops car les policiers du BANC étaient sur sa piste. Malheureusement, il a éliminé Bonnard et Lajouvencelle au Palace Hôtel ! Ce monstre crache le feu comme un dragon !

— Avez-vous découvert des indices qui pourraient nous permettre de retrouver cette ordure de Kuzak ? » demande Fred. — *Va au* **203**.

195

Malgré la lumière tamisée qui baigne le garage, le visage d'Éric traduit une fatigue extrême. Avec des gestes mécaniques, il observe vos indices matériels l'un après l'autre mais rien ne semble germer dans son cerveau exténué.

« Tu trouves pas qu'on leur ressemble, finalement ? demandes-tu.

— Qui ça ? murmure Éric en t'adressant un regard à faire peur.

— Aux deux neuneus de la télé ! Tu sais… le mec et la fille du “ F.B.I. ” qui enquêtent sur des dossiers concernant des faits inexpliqués !

— Non mais tu t'es regardée ? Elle est super cette nana ! Tu manques pas d'air de te comparer à elle !

— Toi, par contre, tu lui ressembles à l'agent Machin-chose. L'œil hagard, la mine fatiguée… tout à fait lui !

— Ouais… En tout cas, on est pas à la télé. Nous, on a une vraie mission à mener. On ferait mieux de faire quelques recherches sur l'ordinateur.

— Hé, te presse pas ! Tu as vu l'heure qu'il est ?

Tout le monde dort à cette heure un dimanche ! Reposons-nous un moment… »

Après avoir réglé le réveil à 9 heures, vous vous allongez sur vos couchettes et tombez comme des masses. — *Va au* **207**.

196

De quoi allez-vous parler à Fred ? — *De Bonnard et Lajouvencelle, va au* **202** *; de Mlle Letailleur, va au* **205**. *Si tu en as terminé, va au* **203**.

197

Quelle pièce à conviction allez-vous présenter à Fred ? — *Choisis l'indice que tu veux lui montrer après avoir vérifié qu'il figure bien sur ta fiche d'enquête : la* ***Radio de Mouchette****, va au* **201** *; le* ***Grimoire de Kuzak****, va au* **200** *; l'****Étiquette de la Malle****, va au* **204**. *les* ***Notes de Kuzak****, va au* **199**. *Si tu en as terminé, retourne au* **203**.

198

Les traits de Fred traduisent une profonde angoisse. Il reste silencieux pendant de longues minutes puis murmure d'une voix tremblante :

« Bien… Cette affaire est dangereuse, très dangereuse. Soyez prudents… Bonne chance ! »

Fred vous serre dans ses bras à tour de rôle puis quitte le garage d'une démarche traînante. Cet « au revoir » ressemble à s'y méprendre à un adieu ! — *Mimi, va au* **195**. *Éric, va au* **206**.

199

« Quel monstre ! Il doit bien exister un moyen de l'empêcher d'agir ! Je vous conseille de rendre visite à **Mme Estrella.** C'est une occultiste extrêmement compétente… et une bonne amie de M. Georges ! » — *Va au* **197**.

200

« Quelle écriture étrange… Prêtez-moi ce grimoire. Je vais le soumettre à l'analyse de **Joseph Shermann**, le traducteur attitré du Phœnix. Ce type est un vrai génie : il parle, lit et écrit à peu près toutes les langues de la terre ! Malheureusement pour moi, il n'aime pas être réveillé tôt ! Vous pourrez passer chercher la traduction dès neuf heures. » — *Va au* **197**.

198 • « Cette affaire est dangereuse ! »

201

« Mais je ne suis pas médecin, moi ! Vous avez volé ces radios à l'hôpital ? C'est du joli ! Vous devriez rendre visite à un des mes amis, le **Docteur Gonzy**… Peut-être pourra-t-il vous renseigner. »

— *Va au* **197**.

202

« D'après ce que vous m'avez raconté, il n'y a plus aucun moyen de leur venir en aide. Qu'ils reposent en paix… » — *Va au* **196**.

203

C'est le moment de présenter à Fred les résultats concrets de votre enquête. — *Si tu souhaites lui montrer un indice matériel, va au* **197**. *Si tu préfères lui parler d'un sujet qui te préoccupe, va au* **196**. *Si tu penses en avoir terminé avec ton exposé, va au* **198**.

204

« Kemal Wilzuk… Quel drôle de nom ! Probablement d'origine turque… Mais… Regardez ! Vous n'avez rien remarqué ? Si on change l'ordre des lettres… on obtient Willem Kuzak ! C'est un anagramme ! »

— *Va au* **197**.

205

« Il faut agir vite ! Qui sait quel traitement lui réserve ce démon de Kuzak ! »

— *Va au* **196**.

206

Le manque de sommeil commence à se faire sentir. Assis à la table de conférence, tu observes les indices matériels les uns après les autres mais rien ne germe dans ton cerveau exténué.

« Tu trouves pas qu'on leur ressemble ? demande tout à coup Mimi.

— Qui ça ? réponds-tu.

— Aux deux neuneus de la télé ! Tu sais… le mec et la fille du “ F.B.I. ” qui enquêtent sur des dossiers concernant des faits inexpliqués ! C'est n'importe quoi leurs aventures ! Aucun réalisme !

— Non mais tu t'es regardée ? Elle est super cette nana ! Tu manques pas d'air de te comparer à elle !

— Toi, par contre, tu lui ressembles à l'agent Machin-chose. L'œil hagard, la mine fatiguée… tout à fait lui !

— Ouais… En tout cas, on est pas à la télé. Nous, on a une vraie mission à mener. On ferait mieux de faire quelques recherches sur l'ordinateur.

— Hé, te presse pas ! Tu as vu l'heure qu'il est ? Tout le monde dort à cette heure le dimanche ! Reposons-nous un moment… »

Après avoir réglé le réveil à 9 heures, vous vous allongez sur vos couchettes et tombez comme des masses.

— *Va au* **207**.

Dimanche 9h00 : réveil en fanfare

207

Lorsque la sonnerie retentit, c'est comme si mille marteaux-piqueurs s'étaient réunis pour vous interpréter *Le Réveil en fanfare*. Victimes d'une migraine inouïe, vous vous levez comme des morts vivants et vous installez devant l'ordinateur. C'est ça le repos dominical ! — *Consulte l'ordinateur p. 133 et choisis un nom ou un lieu figurant sur ta fiche d'enquête.*

208

Vous suivez une route qui s'enfonce dans la forêt à la sortie de la ville puis vous arrivez à l'adresse trouvée sur l'ordinateur : vous vous trouvez devant un haut mur de briques qui entoure un parc à la végétation luxuriante. À une centaine de mètres de l'endroit où vous vous êtes arrêtés, vous distinguez une grille de fer rouillée. Probablement le seul accès à la propriété… Un homme coiffé d'une capuche fait les cent pas devant l'entrée… — *Si tu escalades le mur du domaine, va au* **211**. *Si tu te diriges vers l'homme à la capuche, va au* **219**. *Si tu préfères retourner au garage pour consulter l'ordinateur, choisis p. 133 un nom ou un lieu figurant sur ta fiche d'enquête.*

209

Tu vises Kevin avec le tazer et appuies sur la détente. Les câbles frappent ton ennemi en pleine poitrine mais il se contente de t'adresser un effroyable sourire de mort vivant. Il soulève sa hache et l'abat sur toi… Vois le bon côté des choses : la lame était parfaitement aiguisée et tu n'as pas souffert ! — *Quel dommage… Si près du but ! Reprends ton enquête au* **208**.

210

Vous frappez à la porte de Shermann. Quelques secondes plus tard, un homme portant d'épaisses lunettes vous accueille froidement.

« Mmh, grommelle-t-il. Voilà les deux empêcheurs de dormir en rond. J'ai jeté un œil à votre… ouvrage. Il est rédigé en Piltavais, un dialecte extrêmement rare parlé en Piltavie, un minuscule royaume d'Europe de l'est. Le contenu est assez confus. Je crois qu'il s'agit d'un manuel de magie qui traite de la résistance au feu. J'ai trouvé beaucoup de mots inconnus, probablement des termes techniques. Il y a une phrase que je n'ai pas comprise. Je crois que c'est une sorte de refrain. Ça donne à peu près ça : « Banakuska Evurikovsko Dulminievski ». Plutôt dur à prononcer… Bon, laissez-moi à présent, il faut que j'aille me

211 • « Au secours ! Délivrez-moi ! ».

recoucher. Je suis épuisé ! »
— *Note soigneusement cette formule. Consulte l'ordinateur p. 133 et choisis un nom ou un lieu figurant sur ta fiche d'enquête.*

211

Grâce à une fantastique technique de franchissement appelée « courte échelle », vous parvenez à vous glisser dans le parc. Et bien ! Il aurait bien besoin d'un petit peu de jardinage ! La végétation à l'abandon est si dense que vous ne voyez pas à dix mètres ! Soudain, vous entendez distinctement le cri lointain d'une femme. C'est comme s'il vous parvenait des profondeurs de la terre.

« Au secours ! Délivrez-moi ! »

Cette voix… C'est celle de Mlle Letailleur ! Mais est-ce bien elle qui appelle à l'aide ? — *Si tu t'enfonces dans le parc, va au* **224**. *Attention, tu ne pourras plus faire marche arrière ! Si tu préfères escalader à nouveau le mur et rejoindre le garage, consulte l'ordinateur p. 133 et choisis un nom ou un lieu figurant sur ta fiche d'enquête.*

212

Tu tends les radios au docteur Gonzy.

« Qu'est-ce que c'est que ces trucs ? C'est incroyable ! Jamais vu ça ! Regardez : ce malade n'a pas de cordes vocales ! C'est comme si elles avaient disparu ! Pas de cicatrices ou de traces de maladie, non : pfuit, envolées ! »

Vous saluez le docteur et rejoignez le garage de la rue Lesuaire. — *Consulte l'ordinateur p. 133 et choisis un nom ou un lieu figurant sur ta fiche d'enquête.*

213

« Beaucoup de créatures maléfiques sont capables d'un tel prodige. Hélas, je ne connais aucun moyen de se protéger de ce type d'attaque. Remarquez, on ne voit pas ça tous les jours ! Hi, hi, hi ! »
— *Va au* **217**.

214

« C'est un prodige relativement connu pratiqué par les sorciers. Pour le réaliser, ils utilisent généralement des pendentifs pour emprisonner les voix.

— Ce genre de truc ? demandes-tu en montrant l'amulette que t'as donnée Mendes.

— Exactement ! Si vous retrouvez d'autres amulettes, je pourrai peut-être restituer ces voix à leurs propriétaires. » — *Va au* **217**.

215

Vous parvenez à semer ce dingue de Kevin. Après un tour de la propriété, vous retournez à votre point de départ. Tiens, votre agresseur a disparu… Où se cache-t-il à présent ? — *Si tu escalades le mur d'enceinte, va au* **211**. *Si tu retournes au garage, consulte l'ordinateur p. 133 et choisis un nom ou un lieu figurant sur ta fiche d'enquête.*

216

« Ça ne m'étonne pas ! Seuls des corps sans vie peuvent recevoir les " voix dérobées ". Imaginez-vous vivant avec une voix étrangère qui parle à votre place ! C'est la folie assurée ! » — *Va au* **217**.

217

Quelque chose vous dit que Mme Estrella en sait long sur la sorcellerie. Autant en profiter ! Qu'allez-vous lui dévoiler ? — *« Il est capable de cracher des flammes comme un dragon ! », va au* **213** *; « Il vole des voix ! », va au* **214** *; « Il fait chanter des morts ! », va au* **216** *; « Il s'appelle Kuzak ! », va au* **220**. *Si tu en as fini avec Mme Estrella, va au* **222**.

218

Vous filez à travers les rues de la ville jusqu'au domicile de Mme Estrella, une petite maison blanche entourée d'un jardinet parfaitement entretenu. Ce n'est pas l'idée que vous vous faisiez de la tanière d'une occultiste. Vous sonnez à la porte et une femme d'une soixantaine d'années vient vous ouvrir.

« Vous devez être… Mimi Merlin et Éric Brian !

— Ça alors, vous exclamez-vous de concert, vous êtes vraiment extralucide !

— Mais non, jeunes naïfs, Fred m'a annoncé votre visite. Mais entrez donc ! »

Vous vous asseyez à la table du salon puis Mme Estrella vous apporte du chocolat chaud et des croissants. Ce petit déjeuner est le bienvenu !

« Il paraît que vous n'avez pas beaucoup dormi… Venons-en aux choses sérieuses. Il semblerait que vous soyez aux prises avec un ennemi redoutable… Que pouvez-vous me dire sur lui ? »

— *Va au* **217**.

219

Alors que tu ne te trouves plus qu'à un mètre de lui, l'homme ôte sa capuche. Horreur ! C'est Kevin ! Mais dans quel état ! Un zombie !

« Bonjour, dit-il d'une voix pâteuse, je m'appelle Kevin et je suis célibataire. J'ai une pêche d'enfer et toi ! » ajoute-t-il en brandissant une effrayante hache d'incendie.

— *Si tu cours vers ton scooter pour semer ton ennemi, va au* **215**. *Si tu utilises ton* ***Tazer****, va au* **209**. *Si tu utilises ta* ***Bombe au poivre****, va au* **223**.

220

« Kuzak ? Mon dieu… Non ! Pas lui ! Je croyais qu'il s'agissait d'un personnage légendaire ! Je préfère ne pas vous dire ce que je sais sur lui, ce que j'ai appris dans les livres décrivant la plus noire des magies. Sachez seulement qu'il est très puissant et qu'il n'hésitera pas une seconde à vous éliminer ! »

— *Retourne au* **217**.

219 • « Je m'appelle Kevin et je suis célibataire ! »

221

Vous appuyez avec insistance sur la sonnette du cabinet du Docteur Gonzy. Après quelques minutes d'attente, un petit bonhomme chauve vêtu d'une robe de chambre apparaît dans l'encadrement de la porte.

« Mon cabinet est fermé pour la journée ! C'est dimanche ! Qu'est-ce que vous voulez ? »

— *Si tu possèdes la* ***Radio de Mouchette****, va au* **212.** *Sinon, consulte l'ordinateur p. 133 et choisis un nom ou un lieu figurant sur ta fiche d'enquête.*

222

« Au revoir madame… et merci !

— Bonne chance ! Ah, au fait, j'allais oublier l'essentiel. Seule une formule magique adéquate peut venir à bout d'un sorcier tel que Kuzak. Je vous déconseille de vous attaquer à lui si vous n'avez pas quelques tours à lui jouer ! »

Un peu inquiets, vous rejoignez le garage.

— *Consulte l'ordinateur p. 133 et choisis un nom ou un lieu figurant sur ta fiche d'enquête.*

223

Tu vises Kevin avec la bombe et appuies sur le bouton du pulvérisateur. Ce dernier toussote quelques secondes puis il dévoile ses dents jaunâtres dans un effroyable sourire de mort vivant. Il soulève sa hache et l'abat sur toi… Vois le bon côté des choses : la lame était parfaitement aiguisée et tu n'as pas souffert !

— *Quel dommage… Si près du but ! Retourne au* **208**.

Choisis un nom de personne ou de lieu sur ta fiche d'enquête et cherche-le dans la liste alphabétique ci-dessous. Ensuite, rends-toi au numéro indiqué dans l'adresse.

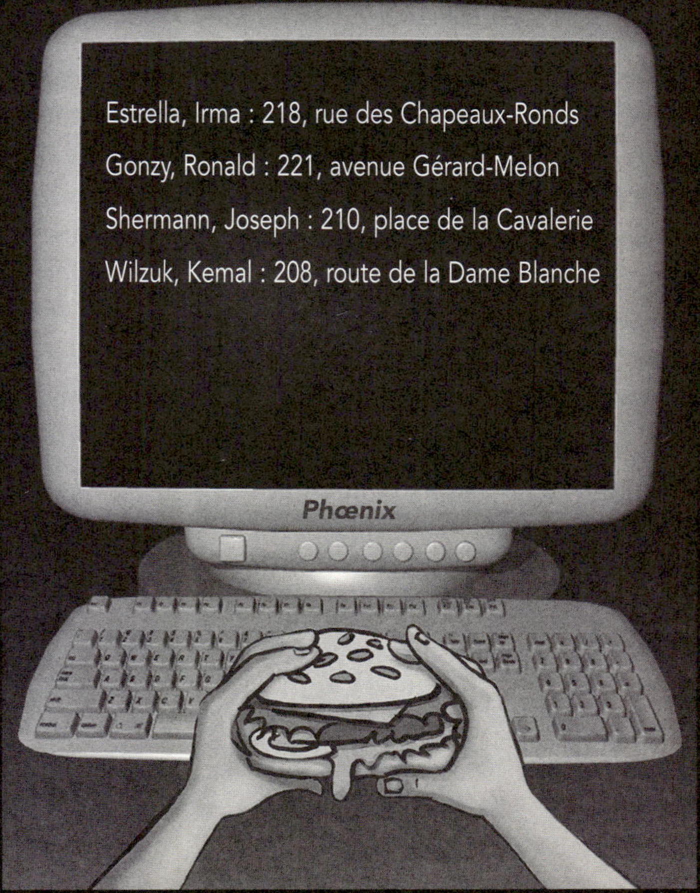

Dimanche 14h02 : la gueule du loup

224

Vous éprouvez les plus grandes difficultés à vous déplacer dans le labyrinthe inextricable de ronces, de mauvaises herbes et de buissons épineux. Vous êtes couverts de griffures et vos chevilles se prennent sans cesse dans des racines sournoises et des aspérités du terrain. Soudain, à travers une haie d'arbres touffus, vous apercevez une grande bâtisse blanche et décrépie. Cette maison du siècle dernier n'a pas été entretenue depuis des lustres. Les volets disjoints laissent entrevoir des vitres brisées et de grandes traînées noires témoignent de l'incendie qui a fait fuir ses occupants. — *Mimi, va au* **255**. *Éric, va au* **259**.

225

Peu à peu, tes yeux s'habituent à l'obscurité et tu parviens à distinguer ce qui t'environne. Tu te trouves dans une petite salle circulaire aux parois humides. Tu remarques une porte de bois dans la paroi. À l'opposé, un passage mène à un couloir.
— *Si tu inspectes la salle où tu te trouves, va au* **236**. *Si tu ouvres la porte, va au* **237**. *Si tu t'engages dans le couloir, va au* **241**.

224 • Vous apercevez une grande bâtisse blanche.

226

Soudain, tu aperçois une silhouette mouvante dans le couloir, à quelques mètres de toi.

« Éric, c'est toi ? » demandes-tu à voix basse.

La « chose » ne répond pas… — *Si tu utilises ton* ***Tazer****, va au* **238**. *Si tu utilises ta* ***Bombe au poivre****, va au* **242**. *Si tu prends la fuite en direction du hall d'entrée, va au* **247**.

227

En examinant attentivement le couloir, vous découvrez un minuscule passage semblable à une canalisation d'égout. Vous progressez en rampant dans l'étroit boyau puis vous débouchez dans une petite salle voûtée. On se croirait dans les souterrains d'un château du Moyen Âge ! Trois horribles personnages dansent mollement à la lueur d'un brasero. Les Three Pops ! Leurs visages sont épouvantablement déformés. Leurs chairs semblent avoir été rongées par l'acide. Des zombies !

« Falut, je m'appelle Keviiin, dit l'un d'une voix pâteuse et traînante.

— Moi, f'est Dylaaan…

— Et moi Javooon…

— … et nous fommes félibataires. Fa y est, vous y êtes, les enfants…

— Où ça ? demandes-tu.

— “ Au bout de la vie ” ! hurlent-ils en exhibant des haches d'incendie. — *Mimi, va au* **235**. *Éric, va au* **239**.

227 • « Au bout de la vie ! »

228

Vous vous remettez peu à peu de vos émotions en examinant la salle. Vous découvrez dans le mur un panneau pivotant donnant sur un couloir au bout duquel brille une vive lumière. Prenant votre courage à deux mains, vous vous y engagez. À mesure que vous approchez, vous percevez les hurlements épouvantés de plusieurs femmes. Vous hâtez le pas et débouchez dans une vaste salle rectangulaire éclairée par des flambeaux. Au centre de la pièce, trois jeunes femmes sont allongées sur des planches de bois semblables à des tables de torture… Deux d'entre elles vous sont inconnues mais vous reconnaissez immédiatement la troisième : c'est Mlle Letailleur !

« Mimi ! Éric ! chuchote-t-elle, visiblement paniquée. Délivrez-nous avant qu'il ne revienne !

— Qui ça ? demandes-tu.

— Moi ! tonne une voix derrière vous. Vous vous êtes jetés dans la gueule du loup ! »

Vous faites volte-face et votre sang se glace dans vos veines. Kuzak, plus grand que jamais, se tient à quelques mètres de vous. Il tient à la main une scie aux formes effrayantes.

« J'ai du travail, jeunes fouineurs, continue Kuzak. Oh, pas grand-chose… Juste quelques crânes à vider pour satisfaire mon public ! Regardez les jolies chanteuses que je m'apprête à lancer sur le marché ! »

Le sorcier éclate d'un rire sardonique. Soudain, ses

228 • « J'ai du travail, jeunes fouineurs ! »

yeux lancent des éclairs et sa poitrine se soulève : il s'apprête à cracher du feu dans votre direction !
— Si tu crois connaître une formule permettant de contrôler les flammes, récite-la. Examine les initiales de chacun des mots et remplace-les par leur place dans l'alphabet (Exemple : A=1, B=2, C=3, etc.) Tu obtiendras un numéro à trois chiffres. Rends-toi ensuite au paragraphe correspondant. Si tu ne connais par la formule, va au **256**.

229

« Garde ton calme, poupée, dit Éric. J'ai peut-être un moyen de nous sortir de là ! Regarde ce que j'ai trouvé durant mes recherches dans ces catacombes ! » Calmement, il tire de sa poche un bidon d'essence et arrose copieusement les trois zombies. Il craque une allumette et embrase le trio infernal. Le feu se propage rapidement à leurs vêtements et ils s'effondrent sur le sol en poussant des hurlements de bête... Hélas, Dylan s'agrippe à Éric dont les vêtements s'enflamment... *— Si tu possèdes un **Extincteur**, va au* **262**. *Sinon, va au* **249**.

230

Mimi est roulée en boule sur le sol... Tu l'aides à se redresser. La pauvre, elle a drôlement dégusté ! Elle arrive à peine à se tenir debout !

« Éric, je ne peux pas continuer... parvient-elle à articuler. Il va falloir que tu te débrouilles tout

seul… Bonne chance… »
Mimi se dirige vers une volée de marches menant au rez-de-chaussée. Soudain, tu entends un ricanement derrière toi. Tu fais volte-face et tombes nez à nez avec… Kevin, Dylan et Jason ! Horreur ! Ils sont dans une état avancé de décomposition ! Jason brandit une hache d'incendie et l'abat sur toi…
— *Quel dommage ! Si près du but ! Fred et M. Georges se souviendra longtemps de ton sacrifice. Reprends ton enquête au* **234**.

231

Tu vises le groupe de molosses et appuies sur la détente de ton arme. Touché au flanc, l'un des chiens s'écroule sur le sol en gémissant. Hélas, ses deux compères bondissent sur toi et leurs gueules se referment sur ta gorge… — *Si près du but… Finir en pâtée pour chien ! Reprends ton enquête au* **263**.

232

Tu anticipes intelligemment la trajectoire des molosses et disperses un nuage de gaz sur leur passage. Les trois chiens poussent des gémissements et battent en retraite en suffoquant. Hélas, les effets de ta bombe ne sont pas éternels : ils ne vont pas tarder à revenir à la charge pour se payer un copieux déjeuner ! — *Si tu cours vers la maison pour y trouver refuge, va au* **246**. *Si tu reviens sur tes pas pour franchir à nouveau le mur d'enceinte, va au* **251**.

233

Ces monstres s'apprêtent à vous dévorer tout crus ! — *Si tu possèdes un* ***Bidon d'essence*** *et une* ***Boîte d'allumettes****, va au* **240**. *Sinon, va au* **267**.

234

Les doigts profondément enfoncés dans les oreilles pour ne pas subir l'envoûtement qui t'était réservé, tu avances dans le couloir obscur. Soudain, tu distingues une silhouette mouvante à quelques mètres de toi. — *Si tu utilises ton* ***Tazer****, va au* **252**. *Si tu utilises ta* ***Bombe au poivre****, va au* **257**. *Si tu prends la fuite, va au* **261**.

235

Les Three Pops avancent vers toi en dévoilant leurs dents jaunes et déchaussées ! — *Si tu utilises ton* ***Tazer****, va au* **248**. *Si tu utilises ta* ***Bombe au poivre****, va au* **243**.

236

En soulevant des planches pourries entassées dans un coin, tu découvres un bidon portant l'étiquette « Danger - Inflammable » — *Ajoute le* ***Bidon d'essence*** *à ton inventaire. Si tu ouvres la porte, va au* **237**. *Si tu t'engages dans le sombre couloir, va au* **241**.

237

Tu tires le verrou et pénètres dans une pièce aux parois ruissellant d'humidité. Dans le fond, près d'une paillasse, tu distingues un anneau fixé dans le mur. Tu te trouves dans un cachot ! Près d'une chandelle presque entièrement consumée, tu découvres une boîte d'allumettes. Malgré l'humidité, plusieurs sont encore utilisables. Tu sors de la cellule et regagnes la salle circulaire. — *Ajoute les* ***Allumettes*** *à ton inventaire. Si tu inspectes la pièce où tu te trouves, va au* **236**. *Si tu t'engages dans le couloir, va au* **241**.

238

Tu vises la silhouette et appuies sur la détente. Aussitôt, un hurlement déchire le silence. Mais… c'est la voix d'Éric ! Tu as touché ton propre partenaire ! — *Va au* **265**.

239

Les Three Pops avancent en dévoilant leurs dents jaunes et déchaussées ! — *Si tu utilises ton* ***Tazer****, va au* **253**. *Si tu utilises ta* ***Bombe au poivre****, va au* **258**.

240

« Garde ton calme, poupée, dis-tu à Mimi malgré la panique qui te gagne peu à peu. J'ai peut-être un moyen de nous sortir de là ! Regarde ce que j'ai trouvé durant mes recherches dans ces catacombes ! » Fébrilement, tu tires de ta poche le bidon d'essence et arrose copieusement les trois zombies. Tu craques une allumette et embrases le trio infernal. Le feu se propage rapidement à leurs vêtements et ils s'effondrent sur le sol en poussant des cris de bête…

« Tu m'as sauvé la vie ! » s'exclame Mimi en se jetant dans tes bras.

Enfin un peu de reconnaissance… — *Va au* **228**.

241

Tandis que tu avances dans l'obscurité, tu entends un chant lointain et inquiétant. Incroyable ! Tu jurerais qu'il s'agit des Three Pops ! Pourtant, les paroles n'ont rien à voir avec celles des chansons que tu as déjà entendues, hélas :

« Iäsmani Duramin, Iäsmani Lakach Merba ! Iä Kuzak ! Iä Kuzak ! Iä Kuzak ! »

Quelle étrange mélopée… Tu n'as jamais entendu de telles harmonies… Selon toi, il y a peu de chances qu'un air aussi déroutant casse la baraque au hit-parade ! Après quelques secondes d'écoute, tu ressens une étrange impression de malaise : tu es atteint de vertiges et tu éprouves les plus vives difficultés à rester debout. Cette chanson est un sortilège ! Voilà ce que Kuzak et les Three Pops s'apprêtaient à faire subir aux publics du monde entier ! — *Si tu enfonces tes doigts dans tes oreilles pour continuer à avancer, va au* **234**. *Si tu préfères garder les mains libres pour le cas où il te faudrait riposter, va au* **244**.

242

Tu orientes la bombe au jugé en face de toi et tu appuies sur le pulvérisateur. Soudain, un hurlement déchire le silence. Mais… c'est la voix d'Éric ! Tu as touché ton propre partenaire ! — *Va au* **265**.

243

Tu asperges tes ennemis de gaz… Ils continuent à avancer en ricanant, les imbéciles ! — *Va au* **229**.

244

Les notes s'insinuent sous ton crâne comme un poison violent. Bientôt, tu es incapable de te tenir debout. Une douleur insupportable irradie dans chacun de tes muscles puis la paralysie te gagne. Incapable de respirer, tu fermes les yeux et sombres dans l'inconscience...

— *Au moins, tu resteras dans l'histoire comme le premier être humain mort d'avoir trop écouté les Three Pops !* *Reprends ton enquête au* **241**.

245

Tu recouvres tes esprits dans une chambre d'hôpital. Assis à tes côtés se tiennent Éric et Fred. Tes chevilles et tes poignets te font horriblement souffrir. En les observant, tu remarques des traces de liens.

« Elle s'est réveillée ! s'exclame Éric.

— Que s'est-il passé ? demandes-tu.

— Tu connais la règle du Phœnix, Mimi. Nous ne pouvons pas te révéler les détails d'une affaire à laquelle tu n'as pas participé. Tout ce que nous pouvons te dire, c'est que nous t'avons découverte dans un cachot. Tu as eu de la chance ! Pour ma part, j'ai réussi à résoudre le mystère des voix volées. Hélas...

— ... hélas, poursuit Fred, tu as échoué dans ta mission. M. Georges est formel : nous ne pouvons pas te garder dans l'organisation. Ne sois pas triste... Tu vas enfin pouvoir reprendre une vie normale après tout... » — *Reprends ton enquête au début du chapitre où tu as perdu connaissance.*

246

Tu pousses la porte d'entrée et pénètres dans le hall de la maison. Une épaisse couche de suie recouvre le plancher, le plafond et les murs. Des poutres calcinées jonchent le sol. Kuzak a encore fait des siennes ! Sous les restes de l'escalier qui menait à l'étage, tu découvres une volée de marches de pierre qui descend vers le sous-sol. — *Si tu empruntes ce passage, va au* **264**. *Si tu inspectes le hall où tu te trouves, va au* **260**.

247

Alors que tu cours vers l'escalier menant au rez-de-chaussée, tu entends une voix familière derrière toi.

« Mimi ! fait la voix. C'est toi ? Où tu vas comme ça ? Tu m'abandonnes ? »

Éric ! Et dire que tu étais à deux doigts de l'électrocuter ou de l'asperger de gaz ! Tu rejoins ton partenaire. — *Va au* **227**.

248

Les câbles du tazer touchent Jason et Dylan. Ils continuent à avancer en ricanant comme des imbéciles ! — *Va au* **229**.

249

Les flammes se propagent à l'imperméable d'Éric. Pris de panique, il vient se blottir contre toi. Horreur ! Tes vêtements s'embrasent à leur tour… Bientôt, vous n'êtes plus qu'une boule de feu hurlante et gesticulante… — *Si près du but ! Finir en chipolata trop cuite ! Reprends ton enquête au* **246**.

250

Tu recouvres tes esprits dans une chambre d'hôpital. Assis à tes côtés se tiennent Mimi et Fred. Tes chevilles et tes poignets te font horriblement souffrir. En les observant, tu remarques des traces de liens.

« Il s'est réveillé ! s'exclame Mimi.

— Que s'est-il passé ? demandes-tu.

— Tu connais la règle du Phœnix, Éric. Nous ne pouvons pas te révéler les détails d'une affaire à laquelle tu n'as pas participé. Tout ce que nous pouvons te dire, c'est que nous t'avons découvert dans un cachot. Tu as eu de la chance ! Pour ma part, j'ai réussi à résoudre le mystère des voix volées. Hélas…

— … hélas, poursuit Fred, tu as échoué dans ta mission. M. Georges est formel : nous ne pouvons pas te garder dans l'organisation. Ne sois pas triste… Tu vas enfin pouvoir reprendre une vie normale après tout… — *Reprends ton enquête au début du chapitre où tu as perdu connaissance.*

251

Tu cours vers le mur d'enceinte sans te retourner. Hélas, ton pied bute contre une racine et tu tombes la tête la première dans un buisson épineux. Lorsque tu te relèves, les trois chiens de garde t'ont déjà rattrapée. Ils se jettent sur toi en grognant. Après quelques secondes de lutte désespérée, il parviennent à te saisir à la gorge… — *Si près du but ! Finir en pâtée pour chiens ! Reprends ton enquête au* **263**.

252

Tu retires tes doigts de tes oreilles et constates avec soulagement que le chant discordant s'est arrêté. Tu vises la silhouette et appuies sur la détente. Aussitôt, un hurlement déchire le silence. Mais… c'est la voix de Mimi ! Tu as touché ta propre partenaire ! — *Va au* **230**.

253

Tu asperges tes ennemis de gaz… Ils continuent à avancer en ricanant, les imbéciles ! — *Va au* **233**.

254

Kuzak bascule la tête en arrière puis ouvre la bouche à s'en décrocher la mâchoire. Vous vous concentrez pour parvenir à vous remémorer la formule trouvée dans le grimoire de Kuzak. D'une seule voix, vous récitez fébrilement la mystérieuse suite de mots piltaves.

« Banakuska Evurikovsko Dulminievski ! »

Aussitôt, vos corps sont secoués de spasmes incontrôlables puis un halo de lumière bleutée vous submerge. Des cristaux de glace et des flocons aux formes inconnues virevoltent autour de vous… C'est comme si une enveloppe enchantée vous protégeait de votre ennemi. L'abdomen de Kuzak palpite sous son costume noir puis un flot de flammes jaillit de sa gorge dans votre direction. Lorsque le feu atteint votre champ de protection, il ricoche violemment et se sépare en milliers de flammèches qui s'éparpillent dans la salle. Sidéré par ce prodige, Kuzak écarquille les yeux et fait un pas en arrière… Il ouvre à nouveau la bouche mais, cette fois, rien ne jaillit de ses entrailles ! Serait-il en panne de carburant ? Ce serait la meilleure nouvelle du week-end ! Soudain, vous entendez des voix provenant du tunnel qui vous a menés dans cette salle…

« Ils sont là, j'entends du bruit !

— Sors ton arme, vite ! »

D'autres ennemis ? Décidément, vous vous êtes vraiment mis dans de sales draps ! — *Va au* **266**.

255

Éric s'élance devant toi vers la maison. Soudain, tu le vois trébucher et disparaître dans les hautes herbes. Tu t'approches prudemment et découvres une ouverture dans le sol à demi dissimulée par la végétation. Éric est tombé dans un puits abandonné ! Pourvu qu'il ne se soit pas blessé !

« Éric ? Ça va ? demandes-tu.

— J'ai fait une sacrée chute…, répond une voix lointaine. J'espère que je n'ai rien de cassé. Mmh, je crois que non…

— Tu peux remonter ?

— Impossible ! J'ai fait une chute d'au moins quatre mètres et les parois sont totalement lisses !

— Courage ! Je vais bien trouver un moyen de te tirer de là ! »

Un peu inquiète, tu t'éloignes du puits et progresses en direction de la maison. — *Va au* **263**.

256

Kuzak bascule la tête en arrière puis ouvre la bouche à s'en décrocher la mâchoire. Sous son costume noir, son abdomen palpite puis un flot de flammes jaillit de sa gorge dans votre direction. En quelques secondes, vous êtes transformés en une boule de feu hurlante et gesticulante… — *Si prêt du but ! Quel dommage de finir en chipolata trop cuite ! Reprends ton enquête au* **207**.

257

Tu orientes la bombe au jugé en face de toi et tu appuies sur le pulvérisateur. Soudain, un hurlement déchire le silence. Mais… c'est la voix de Mimi ! Tu as touché ta propre partenaire ! — *Va au* **230**.

258

Les câbles du tazer touchent Jason et Dylan. Ils continuent à avancer en ricanant comme des imbéciles ! — *Va au* **233**.

259

Tu progresses prudemment en direction de la maison abandonnée. Soudain, la végétation se dérobe sous tes pas. Après quelques secondes de chute libre dans les ténèbres, tu atterris brutalement sur un sol de terre battue. Tu te relèves péniblement et constates avec satisfaction que tu n'as rien de cassé. Hélas ! L'endroit où tu te trouves est si obscur que tu es incapable de t'orienter et de distinguer ce qui t'entoure. À cinq mètres au-dessus de toi, tu distingues une petite ouverture d'où filtre la lumière du jour. En tâtonnant dans le noir, tu découvres des parois de pierre. Malheureusement, elles sont totalement lisses… Soudain, le visage de Mimi apparaît à la surface.

« Éric ? Ça va ? demande-t-elle.

— J'ai fait une sacrée chute…

— Tu peux remonter ?

— Impossible ! Il n'y a pas de prise dans la paroi !

— Courage ! Je vais bien trouver un moyen de te tirer de là ! »

Mimi disparaît. Tu te sens vraiment seul au monde. — *Va au* **225**.

260

Sous les planches et les poutres calcinées, tu découvres un extincteur de petite taille. Pourra-t-il te protéger contre Kuzak ? — *Ajoute l'***Extincteur** *à ton inventaire. Il ne te reste plus qu'à emprunter l'escalier qui mène au sous-sol, au* **264**.

261

Alors que tu cours vers la salle circulaire, tu entends une voix familière derrière toi.

« Éric ! fait la voix. C'est toi ? Où tu vas comme ça ? Tu m'abandonnes ? »

Mimi ! Et dire que tu étais à deux doigts de l'électrocuter ou de l'asperger de gaz ! Tu rejoins ta partenaire. — *Va au* **227**.

262

Tu soulèves la goupille de sécurité de l'extincteur et asperges généreusement Éric de neige carbonique. Les flammes qui recouvraient ses vêtements disparaissent rapidement

« J'ai vraiment eu chaud ! murmure Éric en époussetant son imperméable. Je te dois une fière chandelle ! Sans toi, j'étais sûr d'y passer !

— Je te retourne le compliment ! On forme vraiment une belle équipe ! »

Vous êtes sauvés… pour l'instant ! Les Three Pops ne sont plus qu'un petit tas de cendres fumantes où vous découvrez deux amulettes. Voilà deux voix à restituer à leurs propriétaires. — *Va au* **228**.

263

Tu avances prudemment en direction de la maison abandonnée. Soudain, tu entends des grognements sourds et menaçants. Trois chiens monstrueux bondissent hors des fourrés et courent vers toi, la gueule écumante. Il faut te préparer à les accueillir… — *Si tu utilises ton* ***Tazer****, va au* **231**. *Si tu utilises ta* ***Bombe au poivre****, va au* **232**.

264

Tu descends vers le sous-sol en prenant garde à ne pas déraper sur les marches humides. Tu aboutis à un couloir plongé dans l'obscurité… — *Si tu avances dans le couloir, va au* **226**. *Si tu remontes vers le hall d'entrée, va au* **246**.

265

Éric est roulé en boule sur le sol… Tu l'aides à se redresser. Le pauvre, il a drôlement dégusté ! Il arrive à peine à se tenir debout !

« Mimi, je ne peux pas continuer… parvient-il à articuler. Il va falloir que tu te débrouilles toute seule… Bonne chance… »

Éric se dirige vers les marches menant au rez-de-chaussée. Soudain, tu entends un ricanement derrière toi. Tu fais volte-face et tombes nez à nez avec… Kevin, Dylan et Jason ! Horreur ! Ils sont dans un état avancé de décomposition ! Jason brandit une hache d'incendie et l'abat sur toi… — *Si près du but ! Le Phœnix se souviendra longtemps de ton sacrifice. Reprends ton enquête au* **226**.

266

Horreur ! Deux momies couvertes de bandelettes et vêtues d'imperméables jaillissent de l'étroit boyau en brandissant des revolvers. Encore des morts vivants ! Vous les attirez ou quoi ?

« Rends-toi, Kuzak ! dit l'une des momies.

— Pas un geste ! » ajoute l'autre.

C'est bizarre, ces voix vous disent quelque chose. Mais… Ce n'est pas possible ! Ce sont les voix de Bonnard et Lajouvencelle ! Ils ont survécu ! Vu les kilomètres de bandage qui les recouvrent, ils ont dû être grièvement brûlés !

« Pas question ! » hurle Kuzak.

Il se précipite vers Mlle Letailleur en brandissant son horrible scie. Aussitôt, les deux inspecteurs font feu. Criblé de balles, le sorcier continue à avancer péniblement vers votre professeur. Bonnard et Lajouvencelle rechargent leurs armes à la hâte et tirent à nouveau sur Kuzak. Touché aux jambes, ce dernier s'agenouille, vous lance un regard de défi puis s'effondre sur le sol. Bonnard s'approche prudemment du corps et pose l'oreille sur sa poitrine.

« C'en est fini de Willem Kuzak et de ses crimes, dit-il avec gravité. Il est mort.

— Encore heureux ! s'exclame Lajouvencelle en fouillant les vêtements du mort. Tu as vu le nombre de balles que l'on a tirées ? »

Le halo de glace qui vous entourait disparaît peu à peu. Tu délivres les trois jeunes femmes et tu te diriges vers les policiers pour les remercier.

« Comment nous avez-vous retrouvés ?

— Votre ami Fred nous a beaucoup aidés. Tiens, au fait, regardez ce que Kuzak avait dans sa poche, dit Lajouvencelle en te tendant trois amulettes.

— Super ! t'exclames-tu. Nous allons peut-être pouvoir rendre toutes ces voix à leurs propriétaires ! »

À la fois fiers du devoir accompli et totalement épuisés, vous quittez les sombres caves du domaine de Kuzak, déposez les amulettes au garage et rentrez vous coucher à vos domiciles respectifs…

— *Va au* **268**.

267

Devant votre absence de réaction, les trois créatures se jettent sur vous en bavant comme des affamés puis vous mettent en pièces en quelques coups de dents…
— *Reprends ton enquête au* **225**.

266 - Kuzak s'agenouille...

Lundi 7h02 : une vie de chien

268

Tu es tiré du sommeil par la sonnerie du téléphone. Décidément, tu commences à croire qu'il existe un complot mondial visant à t'empêcher de dormir ! Tu décroches le combiné.

« Allo ?

— Salut, c'est Fred.

— Hé, mon vieux, je te signale qu'on est lundi ! Mon travail pour le Phœnix est terminé ! Tu m'entends ? Ter-mi-né !

— Calme-toi, tu veux ? Ce que tu peux être de mauvaise humeur au réveil ! Je voulais juste t'informer de la suite des événements.

— Excuse-moi, je suis un peu sur les nerfs…

— J'aime mieux ça… Bon, ça y est, nos deux ténors ont retrouvé leur voix. Ça n'a pas été sans mal d'ailleurs : ils n'ont pas arrêté de se chamailler, ces deux idiots ! En fait, je crois que Mouchette voulait en profiter pour voler la voix de Mendes. Quel malhonnête, celui-là ! Il n'arrive toujours pas à se faire à l'idée de rester l'éternel remplaçant.

— Et la voix de la troisième amulette, tu as découvert à qui elle appartenait ?

— J'ai bien eu une petite idée mais…

— Mais quoi ?

— Je ne suis pas complètement sûr…

— Allez, dis-moi !

— Bon… Tu connais Mme Bredon, la poissonnière de la rue du Parc ?

— Oui, je vois ! La grosse bonne femme qui chante du matin au soir en vendant ses poissons ? Elle a une jolie voix, d'ailleurs, un peu masculine peut-être…

— Oui, c'est cela même…

— Et alors, quel rapport ?

— Et bien j'ai appris qu'elle avait été victime d'une extinction de voix ces dix derniers jours…

— Ne me dis pas que… Tu veux dire que Mme Bredon a fait sans le savoir partie des Three Pops ? Si le public avait su qu'il écoutait en fait une poissonnière, je crois que le groupe n'aurait pas aussi bien marché !

— Bon, je te laisse. Bonne semaine !

— Salut, Fred ! »

Tu t'extirpes de ton lit et te prépares dans la bonne humeur pour te rendre au collège. Finalement, comparée à une mission du Phœnix, une semaine de cours c'est vraiment des vacances ! Soudain, une angoisse te submerge : tu as complètement oublié de réviser ton contrôle de maths ! Ne compte pas sur M. Georges pour te faire un mot d'excuse !

FIN

Inventaire

Note ci-dessous les objets que tu trouves au cours de ton aventure.

TAZER	pochette d'allumette
BOMBE AU POIVRE	empreintes Dylan
TÉLÉPHONE PORTABLE	clef kévin
ÉLECTROPASS	nécessaire maquillage
~~radio mouchette~~	
pass spectre ~~tarce pour~~	
~~badge~~	
~~ticket~~	
~~clef~~	
bout de tissu noir	

Fiche d'enquête

Note ci-dessous les indices que tu trouves au cours de ton aventure.

~~mlle letailleur~~	~~Jean louis tralotte~~
~~ricardo mendes~~	~~Palace hotel~~
~~square williams~~	~~Baobab~~
~~Mr Vernouiller~~	
~~roland mouchette~~	
~~opéra~~	
~~hopital~~	
~~William kazak~~	
~~françois lebon~~	
~~gérard gabrill~~	

WEEK-END D'ENFER

Voix sans issue

Écrit et réalisé par
Antoine Pinchot

Sur une idée originale de
Franck Parcabe & Antoine Pinchot

Illustrations
Michel Montheillet

Responsable de collection
Migou

Direction artistique
Mangani

Remerciements à
Marion, Clémence et Grégoire.

Imprimé en France par Hérissey
n° dépôt légal : 6736-07-1989- n° imprimeur : 84445
20.9918.2/03 - ISBN : 2.01.2099181
Loi n° 49-956 du 16 juillet 1949
sur les publications destinées à la jeunesse
Dépôt légal : juillet 1999